河出文庫

# いやしい鳥

藤野可織



kawade bunko

河出書房新社

目次

# いやしい鳥

# いやしい鳥

# 一

あのう、最近、とまでしか言っていないのに、「猫、嫌いなんで」と低く力強く返答されて以来、内田百合は高木成一と口を利いていない。確かに内田百合は猫の話をしようとしていた。あのう、最近、猫が、ほら、いつもお宅の奥様がかわいがって餌、やってたられるあの猫だと思うんですけど、あの猫がここ二、三日うちの二階のベランダに来るんですけど、だからちょっとですね、なんとなく、チーズとかあげたりしてるんですけど、で、最近お宅の奥様は。

高木家の奥様はその前の週に出て行ったのだった。その可能性に内田が気付いたのは翌日、一ヶ月後には旅行の疑いも消えて彼女は確信した。隣家の若妻は、離婚して出て行ったのだと。「ママ悪いこと言っちゃったんだなあ」と内田は娘を抱き直したが、彼女は内田の鎖骨を拳《こぶし》でとんと叩き、あぅ、らぁ、あぁ、と言うばかり。それに「うん？　うん、そう、そうねなっちゃん」としきりに頷き、「でも仕方ないよねえ。そんなの知らないんだし。それにあの奥さん若かったし、うーん高木さんもまだけっこう若いけど、それにしても奥さんも相当若かったたし、別れちゃったってのも、なんかわかるなあ。それにアレでしょ、高木さんってまだ学生かなんかなんでしょ、あれ？　違ったっけ？　まあいいや、とにかく仕方ないよねえ」、内田百合は娘の尻を支えている手で器用に冷蔵庫を開け、「猫ってツナ食べるかなあ。ちくわは食べるよね、たぶん」と言った。ただし、ほどなくして臭気が新築の家を損なうことに気付いた内田は、手際よく策を講じて猫を遠ざけ、以降は近隣の公園などで気まぐれに食糧を提供することとなった。

それから二年経った今、七月二十二日金曜日現在、彼女はつばひろの帽子を被《かぶ》り、二階のベランダで洗濯物を干している。南向きで日当たりのよいベランダに出るときは、彼女は必ず帽子を被って紫外線に抗することにしていた。彼女の太股のあたりで、やはり帽子を被せられた娘が、むっちりした腕にかけたプラスチックのかごから、洗濯ばさみをひとつずつ取り出して母親に手渡している。

「次は何色？」

「えーと、もうピンクないから、うーんと、じゃあ、黄色！」

「はい、ありがとう」

夫のランニングシャツの肩をぱちんと黄色い洗濯ばさみで留めたとき、窓の開く音がした。内田は「あれ？」とつぶやいて東隣の高木家へ顔を向けた。プラスチックのかごの中をがしゃがしゃと熱心にひっかきまわす娘の頭に手を置くと、彼女はベランダの端へ向かい、高木家の一階の窓を見下ろした。その窓の内側は台所、すぐ下には流しがあることを彼女は承知している。彼女はかつて毎日のように見ていたのだ。その窓に接さんばかりに配されているブロック塀の上を野良猫が歩き、窓の前でにゃあと鳴く。すると窓が開いて白い腕が現れ、野良猫の頭をかすめるように一撫でしようとするが避けられ、もうそれ以上は試みずふっと引っ込んでだだだだん、と蛇口から落下した水がシンクに当たる音がして、それから水の入ったお椀がブロック塀に置かれる、次いで何か食べ物が一摑み、二摑み、ブロック塀に直接置かれる。野良猫がそれを食べ、腕は窓とブロック塀の間でうろついている、猫に触りたがってうろつくが結局触らない、猫は邪魔されないのを知っているから悠然と食事している。食べ終わると猫はお椀を平気でまたいで振り返りもしない、腕はお椀をつかんで引っ込む、窓が閉まる、じゃきん、と鍵がかかる音まで聞こえる。内田はその腕が数珠に似たブレスレットをいくつも嵌《は》め、プラスチックの赤い玉をチカチカ光らせていたことも覚えている。あるいは鎖状のブレスレットから垂れ下がるIDプレートのような飾りがまぶしかったのも覚えている。あれはティファニーに違いないが炊事のときに外さないのかと思ったことも覚えている。

その窓が、久しく閉じられていたその窓が、開いたのを内田は見たのだった。ああ高木さんの奥さん今日も猫に、と条件反射的に思考が流れ、違う違う違う高木さんの奥さんは、と打ち消したときにぬぅと靴下が出た。足の裏の黒く汚れた、白い大きな靴下。

「……なっちゃん、ちょっと、ちょっとおうちに入ってて」小声でささやくと、内田は娘の脇に手を入れて小さな身体を持ち上げる。娘は従順に両足をぱた、と一振り、つっかけをベランダの床に落とした。

「ごめんね、ちょっと、ね、あ、鍵かけちゃいやよ」内田はサッシをそっと閉めて機敏に身を返し、ベランダの東端へ中腰でにじり寄ると、柵の隙間から隣家の窓をうかがった。そこからはもう、男が体半分を窓から出し、片手をつっぱってブロック塀を押さえ、片脚を窓と塀の間の地面に伸ばし、室内のもう半身を引きずり出そうとしている。ようやく頭部が出た。しかし、地面を向いているために、内田百合にはまだ男の顔は見えない。男はなんとかブロック塀と家屋の外壁の間に降り立つと、身をよじって体の向きを変え、二の腕をブロック塀にこすりつけながらまっすぐに内田家の方を向いた。顔を見て、内田は腰を伸ばし柵から身を乗り出す。

「……高木さん」と内田は声を掛けた。高木ははっと彼女を見上げ、気まずそうな小さな笑いを示して、ごくささやかに会釈。いつもの会釈。近隣の道ですれ違うときなどには高木はいつもこのように一応の会釈をしてみせ、内田もそれをコピーして返してきた、内田の娘がベビーカーから降りてもなお、両者とも声は漏らさないままに。

しかし、いったん開いた内田の口は、容易には閉じなかった。

「ああ、ああびっくりした、泥棒かと思いました……、あ、あの大丈夫ですか。どうしたんですか？　あの」と唾を飲み込み、「……誰か助けを呼びましょうか」

「いえ、いいえ、いやいやいや」と高木も応じた。「大丈夫です、あの、えー、玄関の鍵をなくしまして。かけたままにしておきたいので。それで、ここから……」

「……はあ。ああ、それで、ああ、そこから」

「はい、まあ。ここは」磨りガラスの窓を閉め、「こうしておきますので」

「はあ」

「帰りも」高木がきっぱりと言う。「帰りもここから入ります。どうぞ、気にしないでください」そして高木は前進をはじめる、しばしば左上腕部の服地をブロック塀で削りながら、内田はそのさまを見て、ポロシャツの繊維が崩れる音が耳の中で聞こえるように思う。高木は立ち止まり、顔をしかめ、体の向きを変える、横向きに。高木は顔を上げると頰をひきつらせて微笑んだ。

「もう腕こすっちゃって。いてて」いつまでも見下ろしている内田を追い払うように高木。しかし、内田百合は「あら……お気をつけになって下さいね」と眉根をひそめただけ、一向に引っ込む様子を見せない。高木はまた進み始めた。ブロック塀側に背を、家屋の外壁側に腹を向け、横歩きに歩き、内田家と高木家を分ける一辺までやってきた。今や高木は内田百合の真下にいる。内田に完全に背を向ける直前、「あの、じゃ。これで」と高木は再び会釈した。

「あ。はい……あっ」と内田、急に声をひそめ「高木さん高木さん、靴……」

「わかってます、大丈夫です、向こうの、縁側のところにありますんで」せかせかと横滑りする後頭部が答え、やがて内田の視界から消えた。もうベランダからどれほど身を乗り出して覗いても、高木の姿は見えない。

内田は洗濯かごをベランダに放置したまま室内に駆け戻り、真剣な顔で色とりどりの洗濯ばさみを自分の十本の指先に取り付けようとしている娘に、「なっちゃんそんなの痛いでしょ」と早口で言い捨て、「ちょっと、もうちょっと待ってね」、階段を軽やかに駆け上った。隣人の行いは、奇行と呼んでよい、と内田は感じている。そもそもいい大人があんな薄汚いなりでどこへ出掛けるというのか。それになぜ靴が縁側に。玄関ではなく。内田百合は屋上に出た。内田家は長方形の建物で、高木家のからからに乾いて白っぽく光る瓦屋根とは違って屋上を設けてあるのだった。そこから覗き込むと、四方をブロック塀で囲まれた高木家の敷地はだいたい見渡せた。内田は、高木家の門前を自転車に乗った小学生が三人、大声でしゃべりながら通り過ぎるのを見送り、高木の姿を探した。高木家は、門の正面に当然玄関を持ち、東横に大人の背丈ほどの植木を植えて、その先に続く縁側つきの庭への障壁としている。高木の姿は見えなかったが、その植木がぶるんぶるんと震えるのに内田は気付いた。まもなく、ガサガサと深緑の葉をかきわけて高木が現れた。高木が突破したあとの植木は、密に茂った枝葉をむしり取られて病気の鳥のようにぱさぱさとしなびた。内田は言葉もない。高木は、雑草だらけの小さな庭に分け入って縁側を目指し、ガラス戸を開けようとするが鍵がかかっていて叶わないらしく、頭を両手でかきむしりながら俯いて庭中をうろつき始めた。そのうち、草むらの中に何かを見出し、立ち止まる。両足を小刻みに動かしているので、靴だろう、と内田は思った。果たして、さきほどからの腰のひけたような歩みが一転、背を立て直し、肩をぐっと開いて草の根を踏みならすような歩みに変わり、内田が目を凝らすと、彼がつま先にひっかけているのはつっかけだった。

そろそろ戻らないと、と内田は思った。下では子どもが待ってるし、洗濯物はまだ少し残っているし、そろそろお昼ご飯も作らないといけない。それにこの日射し。真夏の白昼の日射し。天空からの光は帽子のつばで避けていたが、彼女が屋上で世話しているプランターが白々と日光を乱反射させ、彼女の顔を焼いていた。しかし、彼女はもう高木が草の中からブロックのようなものを拾い上げたのを見てしまった。体は既に階段へ向いているものの、顔は高木から離れない。高木は右手にそれを持って大股で縁側に寄り、サッシ戸のガラスに向かって振り上げる。反射的に、内田は目をつむった。がしゃんじゃりんとガラスの砕ける音が響いた、その音は空気の層をくぐって彼女の耳に届くまでに小さく丸く磨かれ、遠慮がちで優雅でさえあった。内田は目を開け、高木が割れたガラス窓に手を突っ込んで、サッシの鍵を内側から外そうとしているのを見た。これは犯罪ではない、あれは高木の家なのだから、と内田は口の中で何度かつぶやき、慌ただしく階段を下りた。そして門、玄関、勝手口、あらゆる窓の鍵がかかっているかどうかを確認するために駆け回り、扉にはチェーンまでかけ、いつでも夫に連絡できるよう、またいつでも通報できるように携帯電話をエプロンのポケットに放り込み、飛ぶように二階に戻って、ソファの上に立ち上がってぬいぐるみを背負おうとしている娘の隣に、なにかの部品がはまるかのように勢いよくすぽっと収まった。彼女は息切れしていた。そして娘の腰を抱き寄せて「隣のおじちゃん、」と三十代初めの、自分とあまり年の変わらない高木を「おじちゃん」呼ばわりし、「ちょっとおかしいよね。パパが帰ったらママ、相談する……なっちゃん、隣のおじちゃんに呼ばれてもついて行っちゃだめよ」、まだ一人で外出させたこともない幼児に言い聞かせている。

二

ピッピは死んだ。いや殺された。いや、殺した、俺が。……いや、違う、やっぱり殺された、とにかくもういない。いない。食われた。……猫？　違う違う野良猫じゃない、野良猫だったらよかったんだけど。ほんとに。野良猫を食やよかったんだ。とにかく、まだ、壁に染みが。……いやいい、これでもだいぶ取れたんだよ。これ以上は無理。今は。あとで、洗剤買ってくる。壁用の。土壁用の。土壁用の洗剤なんてあるのかどうか知らないけど。これは、これはその、うん、今、説明する。順を追って説明する。説明は……まあ、職業柄、慣れてる。一応非常勤講師やってっから。……でも違うな、説明じゃないな、説明はできない。説明ってのは、基本的には、その、説明する内容について理解してないとできないもんな。だから、その、……そう、事情を話す。事情を話すよ。起こった出来事を、そのまま、話す。話してるうちに何かわかってくるかもしれん。そういうことってない？　はじめはわけわかんないまま話してても、だんだんその意味するところが明らかになってくることって。大学院生のときに俺は何度も何度も経験しました。随分怖い目に遭いました。研究発表をするたんびにね。先生をはじめとする皆様方の前に立ってね、一通り原稿を音読するわけ。でも生憎《あいにく》と俺、頭が良くないもんで、きみの言いたいことはさっぱりわからんわ。とか、きみ自身整理がついてないだろうそんなものを持ってくるな。とか言われる。そう言われる頃にはね、俺にも俺の言ってることが、吐いた言葉の塊が、はじめは血だったのに変質してただの水になっちゃったみたいに思えてきて、それが足元に溜まっててなんだかおもらししたようでいたたまれなくて、もう完全に自分の脳味噌の襞の中で迷子。ところが、先生方の絶妙な誘導に身を任せてなんとか顔を上げてどもりながら話し続けるうちに、あれ？　ああ！　それか！　ってな。そういう瞬間が来る、来ないこともあるけど。今更ながらですけどわかった、わかりました先生、てな。先生方にため息つかれながらな。でも、先生方にため息つかれても今更ながらでも、わからないままよりはいいよな。な。だから、今も。追々わかってくるかな、起こった出来事の意味が。いつだって一度理解できれば楽になるんだ。……なんてね。だめだ。意味なんかあるわけない。……大丈夫、心配しなくても大丈夫。自暴自棄になってるんじゃないよ、ただね、ないってだけの話で。

　とりあえず話す。話すよ。水曜の夕方、俺メールしたよね？　Ｆ大の、俺の講義の受講生の子たちと飲みに行くって。誘われたって。あの日は前期の講義の最終日で。俺はあの子らからしたらオッサンだろうけど、まあ若いって言や若いし、単位は簡単にやってるし、少人数だから無駄口を叩き合うし、それなりに親しまれてるんだよね。ただ、受講生、男ばっかりなんだなあ。なんでかなあ。……まあ、それは置いといて、いい子たちだよ。俺は好きだ。常勤にしてほしいくらいに。ね。高木キモい、とか言わないしね。言ってんのかもしれないけど。でも聞こえてこないんだからかまわない、何を言ってても個人の勝手だ。M専は違う。M専の子は聞こえるように言う。しょっちゅう聞こえてくる。講義中も、廊下歩いてても。俺の服装とか、髪の毛のこととか。芸術系の専門学校だからみんなそりゃめかしこんでるのかもしれん。でもそういうのは自分たちだけでやってくれと思うよ、おしゃれとか、ダイエットとか。シャツの裾ズボンに入れたら人間じゃないのかっての、生え際がどうだってんだよ、見たぁ？　見えたぁ？　高木の靴下！　見た見た黄色の蛍光色だったーあれおしゃれのつもりなのかな？　とか。あれは薬局で当たったんだよ！　履いたらいかんのか！　自分たちはおかしな模様の入ったタイツとか穿いてるくせに、スカートの下にズボン穿いてるくせに、いちいちうるさいんだよ。それに俺の腹がちょっと出てたらなんか迷惑でもかかんのか。……いやごめん。これは関係ない、M専は関係ない。F大だ、F大の学生たちと、メールしたとおり、飲みに行った、K町の方まで。安い居酒屋に。俺も学生のとき何回も行った居酒屋だ。そこのカクテルのグラスにはな、黒の油性マジックで点がぽつ、ぽつと二つ書いてあるんだよ。原液ここまで。水ここまで。の、印。原液のための点の位置がだいぶ低い。店自体も正直ボロい。座敷でね。畳が変色してささくれだってる。座布団の色は褪《あ》せて、染みもついてる。そういう店。でもそんなのでも学生は、俺もだけど、一切おかまいなしで、店はほぼ満席だった。俺らのすぐ後ろにも、学生の集団がいて騒いでた、そっちは男がちょっとで、女の子の方が多かった。で、誘われたのは嬉しかったんだが、よく考えたら俺は講師という立場上、やっぱちょっと多めに払わんわけにはいかんわな。俺貧乏なんだけどそんなこと学生らにはわかんねえだろうしな。まったく。親から仕送り貰って結構なこった。って俺もこれ、父方の爺さんが昔住んでた家だから家賃タダで、一軒家で、恵まれたオーバードクターなんだけどね。でも貧乏にはかわりない。最初の乾杯あたりで気付いて、しまったなと思った。財布の中には一万円も入ってなかった。情けない話だけど。なんせね、F大は一コマしか貰ってないもんでね。M専も行ってるったって二コマ、あとは週一で塾講、週三で母校の図書館でバイト、通信教育の採点の内職、あとは恩師の先生はよく資料作りのバイトとか、気を遣って投げてくれるけど、そんな大盤振る舞いできる身分じゃないですよ俺は。でも多分さ、こういうときってさ、会計の値段見もしないで、ほれ、これ俺の分って万札出すのが妥当なんだろうし、ビール二杯目飲み終わったところで、ちょっとトイレ、って席立って靴履いて、こっそり店を出た。いやいや、逃げない逃げない、あのね、逃げるわけないでしょそんな。金を下ろしに行ったの、コンビニに。時間外手数料二百十円かっさらわれるの承知で。ATMは使用中だった。大学生くらいの男が使ってた。俺はそいつの後ろにぼーっと並んでた。右側にあるレジの方をなんとなく向いて。ぼーっとしてるなりに、ちょっと前の奴遅いなって思い始めて前見たら、……終わってんだよね、前の奴。使い終わったら普通さっさと消えるだろ？　でもそいつは違うの。そいつは、体ごとくるっと振り返って俺の方見てんの。まっすぐ。薄ら笑い浮かべて。わけがわからん。俺が反応できずにいたら、ふっと視線外して出て行った。わけがわからんだろ。だけどまあ、飲み屋が軒連ねてる界隈の、夜でも人間がごちゃごちゃしてるコンビニだ。酔っぱらいがいても別におかしくはないわな。な。そういうことにしといて、俺はさっさと金、下ろして、宴会に戻った。生徒たちはもうできあがってて、っていうか、吸収合併してた、隣の、女の子の多いグループを。「あ、先生おかえりなさいすんません、なんかね、あっちもF大だってわかって」って理性の残ってる奴が一人頭下げてきて「ああ、いいよ別に」、そんなもんだよね。なんたって相手は学生だし。俺は偉い先生でもないし。別の学生が「長かったっすねぇ先生うんこですかぁ？」とかなんとか言ってからんできたりするのを受け流して隅っこで手酌してたら、その学生のわきから「先生、ここ先生のおごりですか？」って顔出した奴がいて、そいつはよく見るとさっきのATMの奴だった。ああ隣のグループにいた子だったのか、と俺は少し合点がいった。俺の生徒は「おいっ、失礼なこと言うなよ」ってお笑い芸人みたいにそいつの頭はたいて、「だいたいお前は関係ねえだろあっち行けや」なんて言って軽く足をはらったらそいつ、近くにいた女の子の肩めがけてこけよってからに、あれは絶対わざとだ。間違いない。「ちょっとぉー、堀内くんー、もうなにー？」、女の子の嬉しそうな悲鳴が聞こえて、……堀内。たしかに堀内って聞こえた。それに、俺は確認したんだ、さっきそいつ、つまり堀内をはたいてた学生に。「あいつ、堀内っていうの？」「ああすみませんあいつ、酔ってて」「友達か？」「え、いや、さっき知り合ったばっかりですよ」「仲良さそうじゃないか」「いや、あいつさっきからずっとふざけてばっかで。堀内ほんっと変な奴なんですよ」。最後の「堀内ほんっと変な奴なんですよ」って声が若干大きかった。そしたらさっき堀内にどつかれて喜んでた女の子が振り向いて、「堀内くんって面白いよね」って言った。面白いよね。面白いよねって、変な言い方だと思った。うん。やっぱり変だ。そう思わないか？　そこは「堀内くんって面白いでしょ」だろ？　でも俺の生徒はその女の子のとこにすっ飛んでいっておしゃべりはじめてたし、言葉の間違いくらいどうでもいいと思ったし、それより堀内ってのはよく人の顔見てて覚える奴だなあそういうのも才能かな、でも見た顔の奴がコンビニで金下ろしてんのがなんでそんなに可笑《おか》しいのか俺にはさっぱりわからん、実際失礼すぎるだろうとは思うけど、まあ、酔っぱらってるみたいだし、「ほんっと変な奴」ならそういうこともあるか仕方ないな、なんせ「変な奴」なんだからってとりあえず腑にも落ちたし、俺はそんなことはすぐ忘れた。瓶一本であっという間に。ビールと一緒に胃袋の中。

　そんなに飲んでないつもりだったけど、口の中がねっとりして、喉が渇いて仕方なかった。若人たちはまだ店の前に溜まって元気に騒いでたけど、それ以上はつきあえん。というか、俺はむしろ邪魔者だ。女の子も加わったことだし。あとは若い方たちだけで。ね。俺はそこでみんなと別れた。コンビニに寄ってペットボトルのお茶買って、あと板チョコとキシリトールガム買って、さてタクシーで帰るか、と思ったけど、夜風が存外に気持ちよくって、ぼんやり歩いてるうちに、繁華街からちょっと外れた、人のあんまりいない通りにまで来てしまってた。でも運良くタクシーが来た。これで帰れる眠れると俺はほっとした。身を屈めてタクシーの白いシートに片手をつくと、ひんやりして気持ちよかった。そしたら、そしたらさ。

「先生」って後ろで声がするんだよな。俺は中腰のまま振り返った。堀内だった。俺は、俺は振り返る前から堀内だと直感してた。なんでかな。まあ、いいや。先。勘は当たってた。堀内は顔色が悪かった。土壁みたいな、ハ、うちの土壁みたいな色した顔面を俺にまっすぐ向けてるくせに、目は、両目とも揃って左下を見てた。口は半開きで、唇が街灯かなんかを反射して、でりっと光ってた。さっき食った唐揚げやらピザやらの油がついてんじゃないのか、拭けよきったねえ奴だなと思った。その唇からすーっと唾が、ぴぴぴーっと糸を引いて、その糸がぴぴーっと割合見事に光って、一筋垂れたその後からあいつ、があうううう一、みたいな低い低い音出し始めて、何ごとかと思ったらげっぷだよげっぷ、で、続けて、ううーうあーあ、気持ちわりい、って言いながら、しっかり俺に目を合わせてくるんだよな。

お前は俺をつけてきたのかと言いたかったが、そんな余裕こいた真似ができる状態ではなさそうだった。気分悪くなってふらふら歩いてたら俺の姿を見かけて、追いすがってきたんだろうさ。堀内は俺の生徒じゃないし、さっき存在を知ったばっかりだし、第一印象が無礼きわまりない、わけのわからんふざけた男、そんな奴がどうなろうと知ったこっちゃない。知ったこっちゃないよな。でもだからって無視して一人でさっさとタクシーに乗り込むってのは、それは非情だろ。非情すぎる。って考えてる一瞬にも、体は中腰でタクシーに乗り込もうとしてるのに、頭だけひねってうしろ見てるから、首が痛かった。腰も痛かったから、とりあえず首をもとに戻して付け根を掌で揉んだら、堀内は俺がもう完全にあいつを無視して帰る気だと思ったらしく、擂り足で近寄ってきて、ざーっずざーっとスニーカーのゴム底がアスファルトで削り取られる音が耳障りで、俺はあの音は大嫌いだ。「せんせ」呼びかけてきた最後の「い」のところで「うぉえぇがぁっ」、えずいてやがる。俺はタクシーの中に半分入ってた頭を抜いて、もう仕方ない、完全に立ち上がって腰を伸ばして堀内の方を向くと、あいつ口元を手の甲でぬぐって、今度は手の甲がぬらっと光ってやっぱり油かよ、俺はほんとにうんざりした。「どうした。ほかの子は」「えー、と、カラオ、ケェ?」「カラオケ?」「みんなでぇ、多分、行った、と思います」「きみは」「はぐれた」「家は。家はどこだ」「家?　んなの、もう、ないっすよ、終電」「遠いのか」。あいつ頷こうとしたんだろうけど頭と一緒に膝が、そういう仕掛けの人形みたいに膝ががっくんと折れた。そんでそのまま丸くなってんの。アスファルトに直接。俺は舌打ちした。タクシーの運転手も舌打ちしたのが聞こえた、「お客さん、その人乗せるんですか?」って、まあそうだろうよ、ここまで会話してこれで一人で乗ったらますます非情だろうよ。非情きわまりないよ。これで万が一死にでもしてみろ。大問題だ。起訴されるされないか?　どっちにしろF大の講義は前期で打ち切りだ。ってな計算がそのとき働いたわけではないけれども、俺は奴の肘を摑んで引っ張った。「吐かれるとねえ、困るんですけどねえ」、俺だって困るから、「おい、大丈夫か?　吐くなよ。吐かないよな?」って、堀内をぐにゃっとタクシーに押し込むと、「当ったり前っすよ!　吐かないっすよ!」、やたらとでかい声で答えたけど目が開いてなかった。これはまったくだめだと思った。「家、どこだ、市内か?　市内ならこのまま送る」、俺はかばんからさっきコンビニで買った袋を出して、その中からペットボトルのお茶出して、ぐいぐい飲んだ。堀内の返事はない。「おい」と奴の方を見ると、全然目、開いてないし、口からはよだれが垂れてて、汚いしだらしないしこの姿をさっきの女子に見せたいと切に願ったよ。とにかくまだ寝られたら困る。家で寝てくれ。お前の家で。と俺の望みとは裏腹に、運転手のオッサンはミラー越しに睨《にら》んでるではないか。俺を。目が開いてる俺を。俺は堀内の顔を軽くはたいて、「おいっ、家、どこだ、おい、堀内っ堀内!」、そしたら、俺のその、はたいてた手を急に摑みやがったんだ堀内は。食用油とアスファルトの砂塵のついたきったねえ手で。爪が俺の手の甲の、骨と骨の間にぐぐっと食い込んで「ちょちょちょちょ、待て待て痛いから」と俺は手を引き剝がすのに必死。えらい力で摑みやがってあいつ、で、俺が痛いからよせと騒いでるのを無視して「ホ!」って吐き捨てるように叫んで、俺は聞いてなかった。「ホ」って言ってるのは聞こえてたけど聞いてなかった。けどあいつが「じゃなくて」って続けたから、ああこいつ日本語しゃべってんのかと脳が認識して俺は騒ぐのを何とか控えて「なに?」と聞いてみた。奴は目を閉じたまま「ト!」とまた吐き捨てた。「え? なに? ト? なにが。なにがトなんだよ」、すると運転手が「お客さん、ホじゃないらしいですよ」って諦めきったような声で教えてくれた。堀内は俺の手を放した。手の甲に爪の痕が四つ、一列に並んでて、今度は俺はそこをさするのに必死だったけどちゃんと聞いてやったよ。「ホじゃねえよ。ホ、リウチじゃねえんだよ」、じゃあ、ト? なら「ト……トリウチ?」「そうでぇーす」「……でもさっきみんなホリウチって」「ト! ト! ト!」、子どもみたいにわめいて、で、また「ううぅ……」が始まった。まあ本人が言うからトリウチだったんだろうよ。どっちでもいいよ。でも今考えても、本当に飲み屋では。……いや、ホリウチとかトリウチとかそういう問題じゃない。どっちでもなかった。そういうんじゃない、あいつは。そういう、立派な、ご立派な名字だのなんだのをぶら下げてるようなもんじゃないんだ。でもそのときはただひたすらあいつの「ううー」への対処に忙殺だ。「あのね、シート汚されちゃうと」って、運転手の声は怒気はらんでるし、「あーすんません、えーっと」、俺はへこへこして、買った板チョコとかガムとかコンビニ袋から出して、そのコンビニ袋を、こう、な、持ち手をそれぞれホ、トリウチの耳に、両耳に引っかけてやって。マスクみたいにな。トリウチがげろ吐いても、そうしとけば自動的にコンビニ袋が受けてくれるだろ。まあ、見てくれは随分悪いけどな。窒息さえしなかったらもうなんでもかまやしねえよ、どうせ目も開いてないんだし。「よーし、これでちょっとなら吐いてもいいぞー、あーすんません運転手さん、これで大丈夫なんで。で」ってもう、俺はトリウチの家は諦めて自分の家に帰ることにした。ここに。ホ、トリウチ連れて。朝になったら正気に返ってさっさと帰るだろうと思ったし。甘かったけど。甘かった。いつもそうなんだ。見通しが甘いんだな俺は。研究発表のときも言われた。担当教授に。結婚したときも言われた。親に。友達にも言われた。離婚するときは綾にまで言われたなあ。てめえいい加減にしろよ甘いんだよ考えがっ、てな。ついさっきも俺は甘かった、話してるうちになんか意味がわかってくるかもなどと甘えたことを、たわけたことを口走りました。奴は俺にとって何ということもない、ただの凶悪な生き物ってだけなのに。

　俺はね、意味があるのは、作り物の中だけだと思ってる。奴は、トリウチは作り物じゃない。ましてや俺が作ったものでは決して、ない。だから意味なんてない。えーと。……たとえば、たとえばさ、俺が研究してる、空間環境史、あれには意味がある、隠されてる、人間がデザインした空間が対象なんだから。意識的であれ無意識的であれ、何らかの価値のある理由をもって、今ある形に作られたんだから。だから人間にとっては大いに意味がある。つまりね、だからね、意味ってのは人間が作ったもんなんだよ。多分人間そのものには意味なんてないから、わざわざ開発したんだろうな、意味ってのをさ……いや、きみが言うように、人間にはそれぞれちゃんと意味があって、人生で起こる出来事にもその人にとってはみんなそれなりの意味があって、って、それが間違ってるとか言うつもりは毛頭ない、ありません。いいよ。きみの言ってることは、なんていうか、そう、一般的だ。社会通念かもしれない。でもさ、えーと。

　だからさぁ、なんていうか、「意味」のとらえ方が違うんだよ俺ときみでは。さっきから言ってるけど、俺の考えでは、えー、俺の定義する「意味」は、人間が読み解くために、人間自身で仕込んだものだ。なんのためって、それは、人間がそれなりの知能抱えながら死ぬまで生活していくためじゃないか。無聊《ぶりょう》を慰めるための、いわば、自前のおもちゃなんだ。だからなんであれ、人間が作ったものの中に意味があるのは至極当たり前の話と言える。俺が言ってるのはそういう、「意味」。

……もし、もしさ、もしだよ、俺が、俺に今回起こった出来事について確たる意味を、たとえばあれはなにかの象徴だったんだとか、あるいは啓示だとか言い出したら、それは、……それはビョーキだ。明らかに。譫妄《せんもう》状態だよ。俺がそんなこと言い出したらきみ逃げた方がいいよ。だって、だってね。そんなこと言って、喜び勇んで一連の出来事をおもちゃにしているようではね、そんなの、なにもかもすべて、俺がそういった象徴だの啓示だのを欲したから起こった。っていう解釈が成り立つかもしれない。それは困る。えー、なぜ困るかと言うと、これは、こういうことは通常は起こり得ないことだからだ。とてもあり得ない、と世間の皆さんが口を揃えておっしゃるような事態だからだ。だから、俺がそういった象徴だの啓示だのを欲したから起こった。なんていう可能性がほんの一つまみでもあってみろ。俺の見たこと、俺のしたこと、俺に襲いかかってきたあいつはみんな俺が自分のために作りあげた妄想で、ピッピ喰い殺したのも俺。ってことになるじゃねえかよ、そう言われるに決まってんじゃないかよ、俺だってそう思うよ、皆さんに賛成するよ。だから万難を排するためにも、この出来事については、わかる、意味がある、なんていう概念は存在させてすらいけないわけ。すなわちトリウチには、そしてトリウチに関わる出来事については、理解すべきものも意味も何一つない。それはまぎれもなく現実に起こったことであり、ただの災害。不運。事故。どうですかおわかりいただけましたか？　ハハ。……大丈夫大丈夫安心していいよ、よく考えたら証拠があるんだから、壁の染みが。さっき見たでしょ。もう一回見る？　いい？　そう？　洗剤なんか買ってくるのよそうかな。あれ、あのままにしておいた方がいいかもしれないね。トリウチが存在したあかし、俺の心が健康そのものであるあかしに。ね。

でね、ト、トリウチだよ。コンビニ袋装着状態のまま、タクシー降りて俺はあいつを運んだ。運転手も見かねて手伝ってくれた、玄関まで一緒に担いで、トリウチのスニーカーを脱がしてくれたりして。でも家の中では俺一人だ。背負うのはよして、仰向けにして引き摺った。上着の肩口をこう、摑んで、ずるりずるりと一歩ずつ。和室まで。向かいの。そう、あの部屋。和室はピッピの部屋だ。今やピッピ一匹のための部屋だ。ピッピのケージを置いてるんだ。床の間に、棚作って、そこにケージを置いてる。気が付かなかった？……ああ、いや、気が付かなくて当然だ、ケージは今はソファの陰に落ちてると思う……床の間の前にソファあったろ、その陰にあるはずだ、空っぽのケージが。……うん、大丈夫。大丈夫だ。そうだ、きみが入って来た縁側ね。週に一回、俺はピッピとそこでひなたぼっこしてた。それ以外は、まあ、見てのとおり庭も荒れ放題だし、見ても面白くねえし洗濯物はたいてい乾燥機にかけるか風呂場に干すからだいたいあそこは閉め切ってる。今は……今は全開だけどね。ハハ。で、とにかくベッドは二階にしかないし、げろげろやりそうになってる奴にベッド貸すのは俺は嫌だ。とりあえず畳に上半身下ろして、廊下にはみ出た下半身は脚で押し込んで、奴の体をまたいで冷房をつけて、ピッピにただいまの挨拶して、ごめんな、変な奴連れて来ちゃったけど大丈夫だからねー、お前は安心しておやすみって布かけてやって、ピッピも騒がなかった。あの子は利口な鳥だったんだ。「だーれーに話してんですかぁ？　俺ぇ？」ってトリウチが間延びした調子でからんできた、あいつは引き戸ぎりぎりのとこに寝っ転がって、目を閉じていた。「ねえーせんせー」ってトリウチは頭の悪そうなしゃべり方だった、ピッピの方がよっぽど利口だと思うよ。俺はトリウチ無視してもう一回ピッピに大丈夫だからね、ってささやいた。よく言うよ。なにが大丈夫だ。くそっ。……で、そう、あいつを置いとくのは和室しかなかったんだよ、一階はここと……ここは食卓でいっぱいいっぱいだし、和室と、もう一部屋あるけど、そこは完全に物置状態だし。で、奴のために和室にげろ人間専用の寝床を作ってやろうと材料をかき集めて戻ってきたら、あいつ、あいつやりやがった。ふすまの縁のあたりでごぶごぶ吐いてやがんの。畳も、ふすまの溝も、廊下にまで流れ出して て、俺は踏んだ。げろを。うわなんだ靴下冷てって足の裏見たらげろ。頭蹴っ飛ばしてやりたかったけど、見下ろしたらまだでれでれと吐き続けてて、口からげろが出てくる合間合間でひぃーっつってんの。ひぃーっひぃーって、空気吸う音。窒息して死なれちゃ困るから、ほんとはこのとき死なしとくべきだったんだが、いやこれは本気、もしくは人道的に救急車呼んでお引き取り願うべきだったんだがこういうの、まあ、見たことないわけでもなかったし、反射的に俺は、座り込んでトリウチの頭抱えて、口開かして、手を、あああもう臭かったなあ、しばらく臭ってた、手、俺の手な、今でも臭いかな、あ、臭いような気がする。気のせいか？　気のせいかな。この手をな、突っ込んでさ、口に。トリウチの。げろを掻き出してやりました。俺は恩人のはずなんだけどなあ。あいつの、命の。恩とか感じねえのかねえ。感じないんだろねえ。くそっ。呼吸音が正常に戻ったの確認して、奴に水飲ませてやって、雑巾で顔ふいてやって、その雑巾で廊下、敷居、畳拭いて、それはそのまま捨てた。ゴミ袋に即、入れて口を縛った。俺のズボンやらシャツやらも汚れてたから洗濯機に放り込んで着替えて、……さっきから汚い話ばっかりだな。ごめん。申し訳ない。もう終わりだから。げろの話は。え？　そう？　え？　げろ人間専用の寝床？　それは、畳にバスタオルを三枚、こう、広げてな、敷いて、ゴミ袋を何枚か適当にその上に敷いてできあがり。その上にトリウチ転がした。枕も作ってやったよ。クッションをゴミ袋に包んでな、頭の下にあてがった。ゴミ袋大活躍。おかげでストック切れたけど。それから、すっかり安定した呼吸で寝てるもんで、もう吐くもんはみんな吐いたかなと思ってタオルケットかけてやった。奴の目は完全には閉じてなくって、上まぶたと下まぶたの間にすうーっと白い筋が、切り落として飛んでった爪みたいに見えてたな。その白目の上を黒目ががくがく走ってて、口もちょっと開いてるし、どこまで間抜けな顔してんだこいつ、と思った。笑ってやれと思った。でも笑えなかった。全然笑う気になれなかった。……怖かったんだ。あの顔が。とてつもなく気持ちの悪い顔だった。それに気が付いたとき、俺は声を上げそうになった。悲鳴を。俺は尻餅をついた。大丈夫だ、ただの酔っぱらいが寝てるだけだと俺は自分に言い聞かせた。人の寝顔見て恐怖に震えるなんて、そんなの、そんなの逆に怯えられたこいつが可哀想だろ、笑い話じゃないかって自分を鼓舞してみた。そして、目を開けた。なんとか我慢できそうだと思った。理性が勝った瞬間だ。俺は引き続き理性を発揮して、こんな泥酔してる奴を一人にしとくのは不安だと判断し、二階へ上がるのはよしてソファで寝ることにした。電気を消して横になってると、トリウチは体の左側を床につけて気持ち悪い顔がこっちに向くような姿勢で寝てやがって、顔の右半分だけがくっきり見えて、見れば見るほど気持ち悪かった。理性やら情緒やらがセットでパックしてある脳を持った人間があんな顔していいのか？　あんな顔でも、剝いで頭蓋骨開けたらほんとに脳が入ってんのか？　俺は目をつむった。トリウチの寝息がうるさかった。空気が鼻にひっかかって、半分鼾《いびき》みたいな寝息。ピッピのたてる音は聞こえなかった。うるさいなあ、ピッピは怯えてやしないだろうなあ、ってな具合に極力俺はピッピの身を案じた。俺の背後でお利口に寝てるピッピの身を。ほっぺのオレンジ色の丸がチャームポイントなんだ。なんであんなとこにあんなもんがついてんだろうなあ。なんでお前はそんなにかわいいんだよ、なんて必死で考えてた俺は、実はピッピにしがみつくことによって目の前の白痴的顔面の恐怖から逃れようとしてたんだ。今わかった。あれれ。話してみるとやっぱり収穫があるもんですね。ハハ。じゃあ、俺が眠れたのはピッピのお陰だな。俺はぐっすり寝て、起きたのは昼過ぎだった。部屋の中は薄暗かったけど、閉め切ってたカーテンが陽光吸ってぼぼぼっと発光してた。俺は掌で瞼をこすったが、右手にはまだトリウチのげろの臭いが染みついてて、鼻にきた。で、気付いた。ようやく。ソファの下に転がしといたトリウチが俺を見てたんだ。両目を見開いて。眼球が転がり落ちそうなくらいに。しかもまたしても薄笑いしてやがった。両目を見開いて。「……もう大丈夫か」って俺は言ったけど声が嗄《か》れてて自分でもなんて言ったかわかんないくらいだった。トリウチは「先生、寝顔すっげえ気持ち悪かったっすよ」って明瞭に言いくさりおってあの野郎。どっちがだよ。でも相手は二日酔いの、多分二日酔い状態であるはずの学生だし、「うるせえよ」って言い返しただけでみずからを押し止めて「どうだ具合」って俺はかなり優しいと自分では思う。まあそれはいいんだけど。トリウチはにやにやしたまんまで、「水。喉かわいて死ぬ」「吐き気は」「もうないです。それより水」、体を起こしてやって飲ませると、今度は「あー先生、腹減ったー、俺飢えてるんですけど」、ゴミ袋の上に寝っ転がった姿勢で偉そうに。とりあえず起きて顔でも洗えと言うと、「なーんかだいぶまだだるくて……さっきちょっと上体起こしただけで、頭痛、したんすよね、今も天井が落っこちてくるような、これ、目眩《めまい》？　あーなんか気分悪ぃ」って、そりゃ二日酔いだやっぱり。じゃあまだ帰ってはくんないわけか、寝かしとくよりほかないってのか。「一人暮らし？」「はい」「……友達、呼んだら来るか？」「何しに」「お前を迎えにだよ」「えーと」と自分のズボンのケツをまさぐって、「あれっ携帯……ないっすね。先生、俺のポケットから出した？」「いや」「あれ財布も……」「ええっ？」「まあいいか」「へっ？　いいのか？」「いいっすよー携帯は壊れかけてたし財布もほっとんどカラだったんで」っていい加減な奴で俺もゆうべはやっぱ酔ってたんだなと思った。こいつが完全に手ぶらでズボンのポケットも膨らんでないことに気づきもしなかったし、疑問も持たなかったんだから。とにかく、こいつは本日中に出てってくれるんだろうか、いいやなんとしてでも出て行ってもらう日の高いうちに、と決意したんだが、言うまでもないが失敗した。全然無理。どだい無理。このとき悲劇惨劇までもういくらもなかった。俺は知らなかったけどね。トリウチが「目がまわる」と交互になぜか「腹が減って苦しい」と激しく主張してきたんで、その対処に苦慮してただけだった、そのときの俺は。「なんか食わせろ」って言われてもなんもねえよ。冷蔵庫見ても牛乳とマーガリンとじゃこしかなかった。牛乳とマーガリンの土台たる肝心のパンは切らしてるし、米も切れてた。とりあえず、前の晩買った板チョコ投げ与えて、探してみるとあとは戸棚にカップラーメンが二個、それも賞味期限切れのがあるだけだった。二日酔いの奴にカップラーメンはいかんだろ、たとえ賞味期限内であっても。またげろげろやられたら切ない。情けない。粥《かゆ》がベストだ。よしインスタントの粥買ってきてやるから待ってろって声かけたら、とても待てない飢えて死ぬと唸ってた。胃がきしむとな。でも、もうその時点で奴は銀紙べりべり剝いて、板チョコ一枚まるまる食ってたんだ。なんでそれで空腹で胃がきしむんだよ。とにかく大人しく待ってろって言い聞かしてたら、ケージがカタッと音立てた、ピッピがな、とっくに起きてて布をどけてほしがってたんだよ。俺はトリウチを捨ておいて床の間にすっ飛んでピッピの顔、見に行った。「悪かったなピッピ」、指をケージの間に差し入れるとちっちゃな頭を擦りつけてきた。甘えんぼなんだ。ピッピは。「先生、鳥飼ってんの」ってトリウチがソファの向こう側から聞いてきた。床に転がってるあいつには、ソファが邪魔でケージが見えなかったらしい。俺は水と餌を取り替えてやりながら「オカメインコな」って答えたけど「ふーん」って言ったっきり奴は興味を示さなかった。と思ったのはまたしても俺の間違いだった。くそっ。

三

午後五時を過ぎてもまだ明るかった。空は穏やかで控えめな桜色、内田百合がまだごく小さいとき、母親がちょうどそんな色のカットビーズをつないで首飾りを作ってくれたことがあった。洗濯物を取り込むためにベランダの窓を開けたとき、内田百合は突然にそのことを思い出し、バスタオルが抱え込んでいるぬくもりを二の腕に心地よく感じながらしばらく夕焼けに見とれた。光は、開け放した窓を通って薄いベージュ色をしたフローリングの床にまで及び、内田はそのまま窓を開けておくことにした。光の届くところに正座して洗濯物を畳んでいると、とっくになくなってしまった首飾りのビーズの中にいるようだった。彼女のすぐ隣では愛娘が座り込んで絵本を開いている。いっぱいに開いた大判の絵本を、三角に折り曲げた膝と腹の間に挟みこんでまっすぐ立たせ、それにしがみつくようにしてめくるさまは、まるで絵本そのものに手足が生えているようで、内田百合は微笑んだ。彼女は娘がまだ完全に赤ん坊だったころから、繰り返し絵本を読み聞かせ続けているので、娘は今では小さな頭の中に様々な物語を詰め込んでいた。そして、記憶している物語と絵柄を照らし合わせて一人で絵本を楽しめるまでになっており、そんな娘を内田夫妻は天才ではなかろうかと思うことさえある。

「おにいちゃんが、全員、白鳥になっちゃった！」絵本の脇からひょこっと顔を出し、娘が嬉しそうに叫んだ。そうねえ、と内田。

「どうしたら魔法が解けるんだったたっけ？」

「あのねぇ、エリザがぁ、しゃべっちゃだめなの。それからねえ、」

「それから？」

「イー、えーと、イ、イラクサでシャツを編むの」

「すごーい、なっちゃんはほんとによく知ってるねぇ」

言いながら内田は、さきほどから携帯電話の着信音が耳障りだと思っていることに気付いた。エプロンのポケットから自分の携帯電話を取り出そうとしたが、彼女はもうエプロンを身につけていない。

「あれ？　あれ？」と内田は中腰になってフローリングを見回し、「火あぶりになっちゃう！　あつーい！」と楽しげな悲鳴を上げる娘を完全無視、「あっそうださっき、そうだ、そうだ」と一人納得して床に折り重なっているバスタオルを掻き分けると、果たして携帯電話入りエプロンはその中に埋もれていたが、鳴っているのは彼女の携帯電話ではなかった。

「あれ？……なっちゃん、ちょっと待っててね」立ち上がり、窓辺に寄って外を見るが、特に変わった様子はない。携帯電話はまだ鳴っている。と、ばたんと何かが壁にぶつかるような音が聞こえ、その音は携帯電話の音よりもよほど大きく出所も確かで、内田はベランダに出て、朝方したように隣の高木家を覗いた。もう一度、だん、と音がして、そのときにはもう携帯電話は鳴りやんでいたが、代わりに、耳を研ぎ澄ました内田には、ざらざらざらとかすかな擦過音が聞こえた気がした。内田百合は、つい先刻の忘れ得ぬ高木の奇行を生々しく思い出して鳥肌を立てた。高木さん家《ち》は今日は模様替えかな？　などと、内田は良心を奮い起こしてみる。しかし、そんな張りぼての良心は、すぐに想像の冷や水を浴びせられてみすぼらしく縮み、しゅうっと溶けた。今や、内田は高木が傷だらけの古めかしい板張りの廊下を――内田百合はそれを決してフローリングとは呼ばない――体をくねらせて蛇のように這い回る様子を思い描いている。

「……ねぇ、なっちゃん、なんか、変な音、聞こえない？」娘は本をばたんと床に落とし、「ううんー」首を振り、「ねえ、火あぶりって、熱い？　すっごぉく、熱い？やけどしちゃう？」と大声を上げた。

「しぃっ静かにしてっ」内田百合は子どもを一喝、耳をそばだてると、やはり擦過音が聞こえるように思う。自分の耳の穴の中から、穴ぎりぎりの大きさの何かが這い出てくるような擦過音――自分の耳の穴の中から、隣のバツイチ男が這い出してくるような。

「ひゃっ」空気が唇を激しく擦って、笛が鳴るような音を内田は出した。そして座っている娘の肩を両手で抱き、ベランダに向かって身構える。しかし、もう、不審な音は聞こえなかった。自転車の音、ふざけ合う女子高生の声が通り過ぎていく、すぐあとに、中年女性が挨拶しあう声、笑い声、内田は力を抜いた。

「大丈夫、ママ鍵かけたもんね、ここ二階だし、窓開けてても平気だもんね……もうすぐパパも帰ってくるし。ね」彼女は娘の柔らかい頭髪をなで、地肌の熱さを指先で愛《いと》おしんだ。

　百合がさも恐ろしげに語る高木の奇行、百合自身の不安、並びに愛娘・夏実に今後及びうる危険は、彼女が期待したほどには内田政彦の関心をひかなかった。政彦は、納豆を混ぜながら「……そりゃ確かにおかしいけど」と言い、白米の上にでろりと流した。

「でも高木さんとこの敷地内での話だろ?」

「まあ、そうだけど」

「まさかそこの前の通りを石持ってうろついたりはしてないんだよな」

「まあ、そうだけど」

「身なりが汚くたって、男一人所帯だったらおかしくないよ」

「まあ、そうだけど」百合は冷蔵庫から新しい缶ビールを出してきて、自分のコップに注いだ。「まあ、そうなんだけどさ、……そういえば、高木さん、窓から出たとき、なんとなく出掛けるようなことを言ってたと思うんだけど……、いやだ。家の中に閉じこもってるのかな。何やってるんだろ」

政彦は妻の飲みさしの缶に手をのばす。

「別にいいじゃないか、閉じこもってたって何してたって。あんまり人ん家《ち》のこと詮索してるとオバサンみたいだぞ」

「だって怖くって」

「それよりさぁ、下水の点検かなんか、やってたか？　昼間」

「それよりってなに」

「いや、帰りしな、このあたり臭い気がして」

「もう、全然私の話聞いてくれないんだから」

翌日の夕方、内田夫妻は揃って高木家のブロック塀に寄り添い、鼻をひくつかせている。百合は眠ってしまった愛娘を抱きかかえて、政彦は両手いっぱいにスーパーの袋をガサつかせて。政彦は百合が顔をしかめたのを確認し、大きく口を動かしてみせた。〈ほら〉と言っているのだった。百合は鼻を啜った。政彦は塀に体の片側を押し付けて背伸びをし、中を覗き込もうとするがわずかに叶わない。そのとき、塀の上を野良猫が通りかかり、政彦の額を尾で払わんばかりの位置で立ち止まった。ただし、驚いて飛びのいた政彦のことなど一顧だにしない。猫はまっすぐに百合を見て「にゃあ」と低い声を出した。

「にゃあ子」百合はつぶやき、「政彦、はやく、なんか出して。えっと……あるでしょチーズ」空気が歯の間から漏れるような声で夫に指示を与えた。しかし政彦はそれには応えられない。

「えっ？　チーズ？　どこ？　あれ？」と、いたずらに袋をまさぐる。

「もう……」百合が顔を上げると、既に「にゃあ子」は彼女に尻ばかりを見せ、もったりとした体軀をうねらせて遠ざかって行くところだった。

「……もういい政彦、行っちゃったから」

政彦も顔を上げる。頷きながら顔を上げる。

「うんそうだ、わかった」と彼は言う。

「なに」

「猫のトイレなんだよ」政彦はもう一度塀に沿って伸び、あたりの空気を嗅ぎまわって自信に満ちた声を出した。「ここの庭が。野良猫の」

それを百合は、夫の目を見つめたまま素早く頭を振って制した。そのまま、彼女の視線は政彦を飛び越える。夫の背後二メートルほど先にある高木家の門前に男。インターホンを押している。ピンポーンと鳴るくぐもった音が政彦にも聞こえ、彼はびくりと振り返った。高木家からの応答はなかった。男はもう一度押した。百合は娘を抱きなおした。政彦は妻の横にさりげなく並び、そうして内田夫妻はごく当たり前のように歩き始める。訪問者は横目でちらっと彼らを見た。家の中で、きぃっ、どん、と音がした。男はまたインターホンに注意を向け、今度は連打を試みている。内田夫妻は足早に訪問者の背後を通り過ぎ、通り過ぎざまに男がやはり隣人と同じく三十歳前後であること、眼鏡を着用していること、身なりはTシャツに綿パンといたって平凡、長年の愛用の結果少々よれて角のほつれたトートバッグを提げていることや、頭髪は定期的に散髪されているらしいことなどを確認した。

彼らが自宅の門を押したとき、高木家でガラガラと窓の開く音がした。玄関ドアへと歩きながら百合は政彦の顔を覗き込み、〈ほら〉と大きく口を動かした。引き続き、ぱりんとガラスコップが割れるような音が少し遠くから響いた。〈ほら〉と再び百合。政彦は素早くドアを開けて妻子を中に入れ、荷物を廊下に下ろし、指で高木家の方を指して見せた。それだけで百合は夫の提案を察し、〈お願い〉と口をぱくつかせた。政彦は音のしないように再びそっとドアを開けて外に出た。やや腰を落とすと、自宅の塀——内田邸の塀はアンティーク風に加工された煉瓦を積んだ塀——の内側を静かに駆け抜け、高木家と隣接する位置で息をひそめる。すると、「お前どうしたの。なにやってんの。……なんで、玄関使わねえの？」「玄関は、……玄関は壊れてんだよ」「はぁ？」「鍵が。鍵だよ」という高木成一と訪問者のやりとりが、はっきりと聞こえてきた。

「……で、なに」

「なに、じゃねえよ」訪問者は笑いを含みつつ苛立った声を出している。「昨日、なんで来なかったんだバイト」

「ああ……ああ、そうか、昨日は金曜か。図書館の」

「そうだよ。電話出ろよお前。っていうか、電話しろよ休むんだったら」

「ああ……、ごめん」

しばらく沈黙があった。ごん、ごん、ごん、ごん、と打撃音がその間を埋めた。高木家からだと政彦は思った。

「なに今の」と訪問者が尋ねた。「今の、お前ん家《ち》からだろ」

「ああ、なんでもない、大丈夫」

「大丈夫って……。見てこなくていいのかよ」

「いい！　いい、いい、大丈夫、多分、多分階段の際んとこに物積んでたから崩れたんだ、いい、全部ゴミだから。大丈夫大丈夫大丈夫」

「……高木、お前」訪問者は言いかけて口をつぐんだ。またしばらく沈黙があった。今度は家の中からも特に物音は聞こえて来なかった。内田政彦は待った。もう、隣家になにか問題が発生していることには疑いの余地がなかった。しかし、妻子に累《るい》を及ぼす種類のものかどうかはまだ判断がつきかねた。

「……ちょっと時間あるだろ」訪問者はようやく言葉を見つけたようだった。「そのへんの、適当なとこで飯でも」

「中原、俺、金がないんだ」高木が沈んではいるがきっぱりとした声で拒絶する。訪問者は笑った。

「お前はいっつもそうじゃないか」

　高木も笑った、高木の笑いはへなへなと力なく、数秒間を磨り潰すための粗末な惰性の笑いだった。

「……でも俺はもう職員だし。形の上では一応上司だし、お前の」比べて訪問者の笑いは巧み、軽い調子で「おごるから出て来いよ、ラーメンでいいだろ」と続ける。高木はなかなか返事をしなかった。訪問者は辛抱強く待っている。犬の吠える声、車の通る音が聞こえ、その音にまぎれて政彦は静かに咳をした。車が行ってしまうと、訪問者が「行くぞ、早く来いよ」と言い、ぎぃと門の蝶番《ちょうつがい》が音を立てた。

「……悪いな」

「いいよ、それより死んでんのかと思ったよ」

「ほんとに昨日は悪かった」

「あれ？　お前、なんか臭くない？　ちゃんと風呂入ってる？」

「あ、風呂も壊れてて」

「夏なんだからなんとかしろよな」

　やりとりは塀を間に挟んで政彦の前を通りすぎ、遠ざかっていく。ぺたん、ぺたん、ぺたんという足音も一緒に遠ざかっていき、政彦は二人のうち一方が、もちろん高木成一の方が、つっかけで出掛けていくのだと確信した。スパイ活動を終えた彼が自宅玄関のドアを開けたとき、またしても高木宅から物音がした。その音を後頭部で受け止め、政彦は、まるで雨水を飛ばすために傘を激しく開閉するときのような音だと思った。

## 四

　買い物して帰ったら和室のふすまが開いてた。覗いたらトリウチはいなかった。でも玄関にはまだ奴の靴があった。そういえばまだあるんじゃないかな。靴。スニーカーだよ。多分、白っぽい……違ったかな。まあいいや……とにかく奴は和室にはいなかったんだ。俺はものすごく嫌な気分になった、だって、あんまり知らない、よく思ってない奴に家の中うろつきまわられてるってことだからさ、嫌でしょ？　そういうの。大人しく寝てるってのが礼儀だろ？　動き回れるほど回復したんならさ、ゴミ袋とタオルケットくらい畳んで正座でもしてればいいんだ。とりあえず、ここ、この部屋でその冷蔵庫でも開けて食い物漁っててんじゃないか、むしろそれならまだいいと思って引き戸開けてみたけど誰もいない。買ってきた物を食卓に投げ出して、物置を見に行った。そこにもいなかった。便所でも風呂でもない。じゃあ二階だ。二階は嫌なんだ。二階には、俺の私室があるから。それと綾の、あの、前の妻の部屋もある。ほとんど空っぽだけど。掃除してないから埃だらけだしさ。カーテンだけかかってる。レースの。二階はその二部屋だけ。で、手前が俺の部屋。俺は自分の部屋のドアがきっちり閉まってるのを見て腹が痛くなった。絶対綾の空き部屋にいるに違いないと思って。「先生なにここ？　なんの部屋？」なんて暢気《のんき》ったらしく聞かれたら俺は奴を殴る。足蹴にすると確信があったね。俺は自分の部屋を開けた。床に積んでた本の塔が一つ崩れてた。奴はいなかった。俺は急に血圧が下がってくらくらしながら壁に手をついて、一歩一歩妻の、元妻の部屋の前まで行った。普段からあの部屋の方は見ないようにしてるし、入ることもない。ものすごく久しぶりに俺は、あのドアの前に立ったんだ。深呼吸した。深呼吸しながら、どっちにしろ俺はこの部屋に今日か明日か明後日の午前中には入るつもりだったんだから、って自分をなだめた。……うん、入るつもりだった。カーテン取っ払って、ちょっとだけ残ってる物は、ありゃ全部ゴミなんだからすっきり捨てて、掃除機かけようと思ってた、他の部屋と一緒に。それは、もちろん、土曜のために。きみが来てくれる時間までに。

気持ちを落ち着けて、俺はドアを開けた。トリウチはやっぱりそこにいた。カーテンがひらひらしてた。トリウチが窓を開けたんだ。ひらひらしてるカーテンは異様に短かった。ほとんどカーテンレールにまとわりついてるだけみたいな……俺はトリウチを見下ろした。奴はまた寝っ転がってた。こっちに背を向けて丸くなって。おまけに何かにくるまってた。「トリウチ」、呼んで、近づいた。俺はようやく気付いた、奴はレースのカーテンを引きちぎって、それにぐるぐるまきになって寝てたんだ。そんな蓑虫みたいな花嫁みたいなトリウチを真下に見下ろして、俺は絶句した。こいつは頭がおかしいのかと思った。「トリウチ」、俺はもう一回呼んだ。トリウチはごろんとこっちを見上げて、「あー先生ーおかえりぃ」って言うから俺はむっとしたけど、カーテンを引きちぎってくるまるなんて尋常じゃない。異常だ。異常者だ。もしほんとに奴の頭がおかしいなら、あんまり刺激しない方がいいかもしれん、ここはひとまず穏やかな対応を、と決めて「どうしたんだ」と優しく優しく聞いてやった。トリウチはあくびしながら起きあがった。「なんか腹いっぱいになったら眠くって」「腹減ってんじゃないのか。粥買ってきたぞ」「いやいや、もういいっすよ、もう今は腹いっぱいなんで」「でもさっきは」、トリウチはカーテンを脱ぎはじめてた、俺はしゃがんで手伝ってやった。カーテンを剥いだ途端に、奴のTシャツの襟首から胸にかけて、血がついていることに気付いた。拳大の血の染みだ。前の晩はなかった。買い物に行くときもなかった。「おいっ、これどうしたんだ、怪我したのかっ？　どこだ、どこ怪我してんだ？」、俺は動転してトリウチのTシャツをめくろうとした。トリウチは身をくねらせて「イヒヒ」と笑って「やめてくださいよ俺ホモじゃないですからぁ」って、とても怪我してる奴の反応じゃなかったけど、血の染みはまだじっとり光ってて、ついさっきついたみたいに見えた。俺には意味がわからんかった。「お前、怪我してないのか」「怪我ぁ？　なんで俺が」、そのときトリウチの顎になにか付いてるのに気付いた。爪くらいの大きさの、白っぽい、ふわっとした……おれは指でつまんだ。鳥の羽毛だった。どう見ても鳥の羽毛だった。意味のわからんことの連続で俺はぼぅっとした。「ああ、それ」、トリウチが俺の指からすっとその羽毛を取り上げ、ふっと吹き飛ばした。それから俺の顔を見てケケケケケと笑った。俺は奴があほ面ひっさげて笑いこけてんのをしばらく見てた。それからトリウチを突き飛ばして立ち上がった。奴はごろんと転がりながらもまだケケケケと笑ってやがった、俺は後ずさって、部屋から飛び出して階段を駆け下りた、ケケケケが背中に張り付いてどこまでもついてきた、ふすま開けっ放しの和室に飛び込んで、ソファに飛び乗って背もたれを越えようとした。敷居を踏んだ時点で床の間の棚にケージがないのがわかった。さっき買い物から帰ったときには気が付かなかった、俺は畳しか見てなかった、トリウチの不在しか。でもなんで気付かなかったんだ。いつもなら帰ったら一番にピッピの顔を見るのに。ケージはソファの後ろの畳に横倒しに落ちてた。その中にピッピはいなかった。俺は背もたれを飛び越すのに失敗して足ひっかけて、顔から畳に叩き付けられた。ほとんど逆立ちみたいになった下半身から、ズボンのポケットに入れてた携帯電話と財布と家の鍵が落ちてきて、全部次々に頭に当たった。でも俺はそんなことにはかまってられなかった、片足ひっかかったまんま俺はすぐに顔を起こし、両手をいっぱいに伸ばしてケージを摑んだ。やっぱりピッピはいなかった。自分の手に羽根がくっついてた。はいずるようにして起きあがってみると、ポロシャツの胸にも羽根がくっついてた。俺は畳を見た。ケージの周りに、羽根がいくつも散らばってた。それから黒い丸いもんが落ちてる、と思ったら血だった。

「すいませんねぇ先生、うまそうだったからつい。かぶりついちゃいました」、トリウチがふすまにもたれかかってなよなよと笑い続けてた。俺は飛んで起きてあいつを殴った。震えてうまく力が入らなかったけど、それでも奴は吹っ飛んで廊下の土壁にぶち当たると床に崩れ落ちた、頭抱えて。なのに爆笑してた。俺はぞっとした。ぞっとしたけど、俺はもう決めてた。「殺す」と俺は言った。俺はここ、台所に来てそこの、流しの下を開けて包丁を出した。本気で刺すつもりだった。頭の中がさっき見たピッピの羽毛と黒い血でいっぱいだった。一歩踏み出すたびにそれがばしゃばしゃとこぼれそうだった。廊下に出ると、トリウチはもういなかった。階段の方を見ると、最後の段を薄汚れた靴下がとんと蹴って消えた。俺は階段を踏みならして後を追った。あいつは、妻の部屋から首だけ出して俺を見た。「あれぇ、先生なにそれ。殺すって本気？」と相変わらずへらへらしてやがった。俺は何にも言わずに大股で近づいた。トリウチはばたんと戸を閉めて、中から鍵をかけた。「せんせぇ怖ぇよ」とドアの向こうから言って寄越して、また笑ってた。なに余裕こいてやがんだこんなドア壊して中に入って、包丁を柄まで腹に押し込んで、そのまま放置してやる一日でも二日でも三日でもお好きなだけ苦しんでから死にやがれ、そうしてやるからなお前この野郎、俺は怒鳴って左手でドアを殴り右手の包丁でガツガツ刺した。そしたら包丁はそのうち深く食い込んで抜けなくなった。俺は息が上がってた。汗が目に何度も入って、何度もぬぐった。それから俺は下へ下りて別の包丁をとってくればいいと思った。包丁は全部で三本、あと二本ある。新しい包丁を持って俺は階段の中程に座り込んだ。トリウチはそこを通らなきゃどこにも行けやしない、たとえ今日はだめだったとしても明日は出てくるだろう、そういう気で座ってた。暑かった。和室のエアコンは階段まではとても届かないし。包丁の刃に触ると冷たくて気持ちよかった。あいつを殺したら俺もこの包丁みたいにすーっと冷えて、ところどころ錆びて持ち手の木はひび割れて廊下にごつんと落ちてずっとそのままでいるんだろうかと考えた。そのうちに、俺のひび割れた柄《え》を誰かがそっと摑んで拾い上げ、刃の背を人差し指でなぞり、流しに持って行って蛇口からばたばたとこぼれ落ちる水にさらしてくれた。俺を洗って乾いた布巾で拭いてくれたのはきみだった。でもきみは俺だってことに気付かないで流しの下の戸を開けて、包丁差しにすとんと差して、ばたんと戸を閉めてしまう。それで真っ暗になってしまった。……とんって音で気付くと、包丁が俺の右足と左足の間に見事に突きたってた。それを引き抜くと俺は少し冷静になった。ピッピを、……鳥を、生きた鳥を、人ん家で飼《ち》われてる鳥を、普通にこの日本で育ってきた人間が、ケージから摑み出して食うか？　しねえよ。そんな話聞いたことねえよ。いくら飢えてたとしてもだよ。第一そんなに飢えてるわけねえんだよあいつが。トリウチは気が触れてるんだ。ただそれだけだ。間違いない、気が触れてる、と俺は断じた。じゃあ、俺はその頭のいかれた男を殺すのか？　病院送りにすべきなんじゃないのか？　そんなのを殺したら俺も同類扱いされかねない、今すぐ警察に電話するのが妥当なんじゃないのか？

ドアの開く音でまた目を開けた。二階を見上げると廊下の窓からはねずみ色の空が見えていた。もう夕方だった。靴下で床板を擦る音が近づいてきた。俺は階段の中腹で腰を落として包丁を構えた。けど拍子抜けしたことに、あいつ、あのあほは俺を呼びながら近づいてきたんだ。さすがいかれてる奴のやることは違うなと俺は感心したね。弱々しい声で、「せんせぇ……せんせぇぇ……いてえよ……」って、俺はまだ刺してねえよ、なにが「いてえよ」だ糞野郎って俺はもう、また頭ん中ピッピの血でいっぱいにして二階の廊下に飛び上がった。そしたらあいつ。あいつの顔がおかしかった。傷だらけなんだ。俺は思わず包丁の先を下げて「……なんだそれ」って聞いた。「顔がいってえんだよ、せんせぇ……助けて」、奴は俺に向かって倒れ込んできた。俺は思わず避《よ》けた。そしたら階段をごろんごろんごろんと転がり落ちていって、一階に墜落、倒れたまま呻いてる。それが、「あっ」と小さく悲鳴上げたかと思ったら、今度は無言で顔を押さえてのたうちまわり始めた。脚ががくがくと動いて体が痙攣してた。何の声も上げずにのたうってるあいつは、虫にそっくりだった。俺は自分の手にまだ包丁があることを何度も見て確認した、その刃が汚れてないことも。俺は階段を下りてとりあえず包丁を床におき、暴れるトリウチを押さえ込んだ。奴の腹の上に座って額《ひたい》んとこ右足で踏んで固定して、それから、顔を覆ってる手を無理矢理剝がしてみた。

あいつの顔には長い切り傷が無数にあったが、どうしてこういうことになってんのかわからんかった。あるいは自分でやったのかもしれんかった。いや、そうだろう、それしかない、と思ったけど違った。違ったんだ。ハハ。違った。あいつがあんまり暴れるもんで、観察しづらくて、思いっきり右頬を張ったら途端に大人しくなった。俺は顔を近づけて傷を検分した。そしたら、傷口からなんか出てることがわかった。よく見たら、全部の傷口から出てるんだ。くっついてるんじゃなくて。出てる。ぴょっぴょっと。白っぽい黄色っぽいふわふわしたものが。なんだこりゃってつまんで引っ張ると、トリウチがかすれ声で悲鳴あげてたけど当然無視、傷ん中からずるっと出てきたのはピッピの羽根だったんだよピッピの羽根。じゃあ、他もそうなのか？　っていくつかの傷口から引っ張り出してみた、いちいちトリウチが声帯すり切れたみたいな悲鳴上げやがってまったくうっとうしかった。出てきたのは全部羽根だった。しかも、引っ張り出してもあとからあとから湧いてくるみたいに顔を出すんだ、羽根の先が。なんだ、と思って俺はおかしくなった。笑いがこみ上げてきた、俺が殺すことなんてなかったんだ、ピッピが自分で復讐してるじゃないか。しっかり者だよなあ、ピッピは。俺はおかしくって嬉しくってピッピがかわいくって、笑いがとまんなくなってトリウチの上から転がり下りた。トリウチはまた顔を押さえて今度は自分でかきむしりながら、さっきみたいに何にも言わずに転がり回って、廊下は狭いもんだから両側の土壁に頭やら脚やら腕やらがんがんぶつけて新しいあざを作り、そこからも花が咲きこぼれるように羽根が噴き出してた。俺は笑いながら「おい近所迷惑だから静かにしろよ」って奴の胸を足蹴にして土壁と板張りの床の際にね、こう、押しつけた。トリウチはゴキブリみたいで滑稽だったよ、奴はだんだんほんとに大人しくなってきてた、もう体力が尽きてるみたいな感じだったな。動きが小さくなっていって、とうとう手だけになった。手だけが活発に顔をかきむしってた。いや、羽毛を全部出しちまおうとしてたんだなありゃ。空中に花びらみたいにぱっぱっと羽毛が散った。きれいだった。きみにも見せてあげたいくらいに。ところが、トリウチの顔からは次々に羽根が湧いて出て、それどころか出てくる量はどんどん増えるし、あっという間にあいつの人間らしい皮膚の部分は、見るのも難しいくらいになってきた。というより、あいつの顔がピッピそのものになってきた。顎が羽毛に消え、次いで喉仏が消え、鎖骨が消え、Tシャツの上に出てる部分はすべて鳥のものになった。頭髪は冠羽《かんう》に変わってた。黄色い羽毛がしゅっと立った。上唇はきゅうと前にせり出し、みるみる角質化してくちばしに、頭の形そのものも人間のものではなくなってた。目が前じゃなくて横にずずずっとずれてまん丸に見開き、俺を見上げた。俺は思わず足をどけた。あいつはもうすっかり落ち着き払ってた。ゆっくり立ち上がって、ジーパンにくっついた羽毛を払い、腕についた羽毛も払おうとした、だけどそれは払えなかった。そこにも羽毛が生え始めてたんだ。だがまだそのへんは、頭部みたいな急激な変化ははじまってなかった。トリウチはまっすぐに立って俺を見た。まっすぐに。でもそれじゃ見えなかったみたいで、あいつ、首をかくっと傾けて真横についてる目を俺に向けた。その仕草はピッピそっくりだった。そのときぽんっと頰にオレンジ色の丸が浮き出た。それでもう完璧に奴の頭部はルチノー系のオカメインコだった。

「……先生、俺どうなってんの」、くちばしの口で器用にトリウチが口を利いた。俺はもう殺意を失ってた。むしろ殺してなんかやるもんかとさえ思ってたね、そのときはもう。だってそうだろ、こうなった以上、奴にとっては殺されることこそが救いじゃないか。だから俺は優しく教えてやったよ、「お前は鳥になるんだ。ピッピの呪いだよ。お前は呪われてんだよ」って。顔をまさぐる奴の手を引いて洗面所に連れて行き、ぱちんと電気をつけた。鏡に、巨大な鳥の頭が浮かび上がった。俺はわざわざ横にならんでやった。奴の頭部は、もともとの人間だったころの大きさに加え、冠羽や羽毛のせいで随分ふくらんでた。大きさだけ見ても完全に人としてのバランスを欠いてた。トリウチはまたひょこっと真横の目を鏡に向け、自分の姿を見た。俺は笑いながら鏡ごしに手を振ってやった。俺は奴が絶望のあまり崩れ落ちて泣くんじゃないかと期待した。こういうとこがまた俺の甘いとこなのかな。な。そうなんだよね、きっと。頭のいかれた奴に普通の反応期待してどうすんだよ。オカメインコ生きたまま食っちまうような奴にさ。トリウチは反対側の目を鏡に向け、じっくりと自分を見て、手で頬を撫で回してた。そんでふいにケケケッと声を立て、俺に目を向けて「かわいい？」などと聞きやがってくそっ、ばかにしてやがる。俺は奴の頭をひっつかんで鏡に押しつけた。「そのうち全部鳥になって泣きやがれこの野郎」と俺は言った。奴は鏡にぶち当たったが気にもせず、「へぇ、鳥って泣くんだ、犬が泣くのは聞いたことあったけど知らなかったなぁ」ってクックックックッと肩震わした。しかもそのままの姿勢で「ところでさぁ」なんて話しかけやがった、くちばしが鏡に触れてカタカタ言った。「なんだよ」「俺、腹減っちゃったんだけど」、大した神経だよな。さすがに気の触れたお方は肝が据わっておられる。俺は奴を廊下に蹴り飛ばして、ひとしきり暴力をふるった。そのときはじめて感じたけど、俺も確かに腹が減ってた。ぜいぜい言いながら俺はこの部屋に来て、買い物行ったあとの荷物を食卓に置きっぱなしにしてたもんだからそれ片付けて、賞味期限切れのカップラーメンを開けた。ポットの湯を注いでるとトリウチが廊下を這って来て引き戸んとこから顔出して、「うわ、うまそうな匂い、それぇ、お、おお、俺、のっ、分っすかぁ？」、言ってる内容はふざけっぱなしだったが発音がおかしかった。本人もおかしいと思ったんだろう、「あ、れ？あ、あ、あ、あ、お、は、よ、……ぅうぅ。う。こん、ふぁ、ふぁ、ぶわぁ、……ぶわぁ。……ばっ！　ばっ！　んわっ！」って引き戸んとこに仰向けに寝転がって発音練習。……言えてないんだよ。もしかして舌がまわらなくなってきてんじゃないのか？　俺はまた嬉しくなって、「違う、これはお前、人間様の食い物だよ」と椅子にかけてずるずる食った。すると、トリウチはすごい勢いで起きあがってカップ麺の容器につかみかかってきた。「んだよてめぇ」って俺はずるずるやったまま避けた。トリウチが俺の頬のすぐ横で、かっと口を開けた。大きくて鋭いくちばしだった。さっき俺が振り回してた包丁なんかよりも数段立派な凶器だった。俺は咄嗟にカップ麺の中身を奴の顔に浴びせた。奴の顔に白い麺がからみついた。トリウチは飛び上がって顔を激しく左右に振り、手で払い、「あっ、あつっ、つっ、うぁつっ、つっ、うぅ、ひで、ひ、ひでぇ、せんせ、お、おれ、にぃ、ぅもぉ、メシ」、哀れっぽく訴えかけてきた。俺は考え直した。「よしわかった、待て……まず、これ」と、水で絞った台布巾を投げてやった。あいつはうまく受けて顔を拭いた。「違うよ顔じゃねえよ床拭けよ床」って怒鳴ったらわりと素直に這いつくばって床拭いてたな。俺はその間に新しいカップ麺を開けてまた湯を注いだ。水分を吸ってにょろにょろほぐれていく麺を見てたら、さっきの麺まみれのトリウチの顔が浮かんで、……寄生虫ってああいう感じなのかな。ほら、サナダムシとかって、ああいう感じかな。俺は箸でカップの中を無意味にかきまわして、麺が自発的に動いて箸を登ってきたりしないかどうかを何度も確認した。大丈夫だった。当たり前だけどさ。それから「じゃそこに座れ」って、奴を席につかせた、……今、きみの座ってる椅子だ、ちょうどそこに。俺がここで。ここが俺の席だから。俺はいつもここに座るんだ。扇風機があいつの冠羽をひこひこと震わしてて、間抜けきわまりなかった。で、ラーメン汁を一口啜ってから、「お前にも餌やるよ」なんてせせら笑ってピッピの餌箱を出して、あいつの前に、とん！て置いてやった。で、いつものピッピのシードをざざーっと入れてやったんだ。「さあ遠慮せず食え」、言い捨てて俺は自分のラーメンを食った。ほとんど噛まずに流し込んだ。噛んだらのたうつ気がして。麺が。トリウチは呆然と、表情よくわからんけど多分呆然と餌箱見下ろしてたよ。「早く食えよ」、奴はおそるおそるって感じでシードをつっつきはじめた。「……たっ、かっ、かっ、かた、硬い」「ああ、そのシード殻付きだからな」「カラ？」「剝いて食えよ一個一個。それやんないとあほになるぞ。食事するたんびにな、殻剝くのに頭使わせてやんないと、あほな鳥になるんだよ。鳥でもあほ面間抜け面ってのはあるんだぞお前。ピッピはその殻付きシードのお陰で、利口な子だった。てめえも見習ってちっとは賢くなりやがれよ」。奴のくちばしは、先は尖ってるけどシードの殻剝くにはでかすぎる、あいつはそれでも根気良くシードつついてた。あいつは、俺がラーメン食い終わって、流しに立つのを待ってたんだ。俺はそんなことには思い至らず、箸を洗うためにまんまと奴に背を向けた。残り汁を流した瞬間に軽率だったと気付いた。奴が俺の後ろ姿をじっと見てるのを感じたんだ、背中がかゆくなるほどに。俺は箸を握りしめた。さっと振り返ると、食卓を蹴ってあいつが襲いかかってくるところだった。俺は闇雲に箸を突きだした、けど箸なんてなんの役にも立たない。目を突けりゃよかったんだけど外れた。逆に奴のくちばしが俺の額に届いて切れた。ここ。ほら。大したことなかったんだけどさ。でも痛かったし、切れたときは血が出て、それが目に入った。今度は俺が顔を押さえて床に転がる番だった。右手で瞼を押さえて伏したまんま、それでも左手だけは相変わらず箸摑んで振り回し続けた。こんなの気休めにもなりゃしない、じきにあのでっかいくちばしが俺の首を切り裂くんだと思った。だが奴は来なかった。俺はまだ開かない目を何度もしばたいて、様子をうかがおうとした。そしたら奴がこっちに背を向けて腕をかきむしってるのがなんとか確認できた。おまけにTシャツは裂けてほとんど背が剝きだしになってたんだけどその背は鳥の背だった。羽毛に膨らんだ丸い背だった。俺は必死で半目を開け、その背を思いっきり蹴り飛ばした。トリウチはあえなくひっくり返った。ひっくり返ったあいつはもうほとんど鳥だった、羽毛がすごい勢いで増殖し、ジーパンを突き破って、みるみる膨らんでいく。両手は完全に翼だった。いっぱいに広げたらこの狭い部屋はそれだけで埋まってしまうに違いないと思った。それから破れてひらひらと奴の足にぶら下がってるだけだったジーパンがとうとう落ちた。脚が短く細くなってひっかかるところがなくなったからだ……宙でばたばたもがくその脚に、碇《いかり》みたいなとんがったでっかい爪が見えた。変化したのはまだ片足だけだった。俺は夢中で奴の体を尻からすくい上げ、脚を俺の頭上で支え、渾身の力を込めて鳥の体を押した。さかさまになったあいつは首筋を突っ張らせて動くまいとしたようだったが俺はとにかく押した、声を上げて押した、開けた口の中にあいつの羽毛がいっぱいに入り込んできて俺は窒息しそうだった、でも押した。頭部をのけぞらせて奴が「きっききっぎぃっ」と叫んだ。なんとか鳥をこの部屋から押し出すと、俺は引き戸を締めて鍵をかけた。鍵。あの、ねじ式の。戸にはじめっから付いてる、真鍮《しんちゅう》かなんかの棒の。差し込んで、くるくる回して締める旧式の。俺はあの真鍮の細い棒に命を預けたんだ。

くるくると鍵を回す指がうまく動かなかった。おぼつかなかった。回してる最中にも、どん！　と衝撃があった。あいつがこの戸板を、この古い戸板を向こうから突いてきやがったんだ。俺は尻餅をついたが、また鍵にしがみついて、わななきながら奥まで回しきった。それから椅子を、俺がいつも座る椅子以外の三つを戸の前に置き、真ん中の椅子の上に扇風機も載せ、戸の強度を上げた気になった。でも効果はあったみたいだった。奴は何度も体当たりしてきたけど、戸板は破れなかったし、椅子と扇風機のお陰で外れもしなかった。そのうち鳥は諦めて別の部屋へ行った。廊下はこのとおり狭いもんだから、あいつは土壁に羽根を擦りつけながらずるずるずるずる移動していった。俺は食卓に残した椅子に座ろうと思ったができなかった。座り損ねた。床で尻を思いっきり打ち、俺は自分が震えていることを知った。指だけじゃなかった、全身が激しく震えていた。俺は尻をついて座り込んだまま、食卓の下にじりじりと入り込んで、机の脚にしがみついた。トリウチが、いや、もうあの時点ではありゃトリウチだなんて言えねえよ、鳥だ。巨大なオカメインコだ。しかも俺を食おうとしやがった。ほんとだ。あのとき、食う気で来やがったんだ。異常な食欲みなぎらせて。それに、ちょっと思ったんだけどさ、もしかしたら俺を食ったら今度はあいつに俺の呪いがかかって、人間に戻るかもしれないよな。な。そう思わないか？　今度は俺に変身するって。ハハ。あいつが俺に。おっかしいよな、笑えるよ、あれ？　笑えない？そう？　ふうん、まあいいや。俺はその晩から金曜と土曜はほとんどずっとここで過ごしたんだ。この六畳間でさ。でもまあ、この家の中じゃこの部屋が一番籠城に適してるよな。食い物はあるし。冷蔵庫もあるし。水もあるし。テレビもあるし。それに、一階だから外に出ようと思ったら出られる。実際、金曜には出てみた。そしたら隣のオバサンに見られて……えっ？　うん、まあ、多分、俺と同世代。でもオバサンってのは年の問題じゃない。心だ。露骨に人のこと気味悪そうに見たり、あれこれ詮索したりする心をオバサンと言うんだ。俺は表に回り込んで、縁側から和室に入りたかっただけなんだよ。あの部屋に財布も携帯電話も、家の鍵も落としたままだったんだ。鍵なんか取り戻してもどうしようもないだろうけど、財布と携帯は必要だと思った。それに、郵便受の中も見たかった。新聞はとってないし、何か大切な郵便物が来るとも思わなかったけど、なんとなく。で、行ってみた。郵便受の中にはくだらないＤＭのたぐいしか入ってなかった。予想どおりなのに、自分でもびっくりするくらい俺は気落ちした。せめて、ガラス戸の鍵が開いてりゃいいんだがって思ったけど、やっぱりこれも予想どおり、閉まってた。それに加えて、伸び放題の草の上を靴下だけで歩くのは、かなりつらかった。丈夫な葉が、布地を突き抜けて足の裏をちくちく刺すんだ。俺はいらいらした。腹が立って仕方なかったし、このまま何もせずに戻るのは情けなかった。それで、庭のどっかに妻が実家から持ってきて使ってたつっかけがほったらかしになってたのを思い出して、それを探した。古いボロいやつだ。それを履いたらちょっとは気分が落ち着いて、考えがまとまり、とりあえず仕方がないからガラス戸は割った。俺が割った。できるだけそっと、音がしないように……って気を遣ったけど、やっぱ音するわ。割れてたのはそういうわけ。びっくりさせて悪かったね。俺が割ったのは鍵のあたりだけだったけどな。俺は忍び足で和室に入った。床の間のあたりには、携帯も財布も見あたらなかった。もしかしたらソファの下に入ってんのかもと這いつくばって覗いた。ソファの下には緑の小さい灯りがポチポチと点滅してるのが見えた。少なくとも携帯はそこにあった。そのとき、なんだか視界が暗くなった気がして俺はふと上を見た。ソファの背もたれに、巨大なピッピが留まっていて、俺を見下ろしていた。目が合うと、「チッ」と鳴いて頭をぐぅっと寄せてきた。甘えんぼなんだ、ピッピは。俺は指の腹で撫でてやろうとして、腕を伸ばして。

……ピッピは襲いかかってきた。当然だ、あれはピッピじゃない、俺の腹めがけて巨大なくちばしを突いてきた。俺はぎりぎりで避けて外に転がり出た。庭まで襲ってくると思って慌てふためいて草むら転がって行って、ブロック塀にぶち当たってようやく止まった。縁側の方を見ると、ピッピが、いや違う、トリウチが、いや、とにかくあの鳥が和室からこっちを見てた。それからすっと奥に引っ込んだ。奴は屋外には出たがらないようだった。体を引き摺るようにして台所に戻ってから、俺はその理由を考えた。携帯電話の音が何度か聞こえた。そのたびに、あいつが暴れ回る音も聞こえた。どうやら携帯の音にいらついてるみたいで、それならあれが聞こえないところまで飛んでいきゃいいじゃないか。な。あの立派な羽根は飾りもんじゃあるまいに、奴はその気になったらいつでも和室のガラス戸ぶち破ってこの大空をどこへでも好きなところに飛んでいきゃいいんだよ。なのに、なんでぴょこぴょこずるずる歩いてんだよ。こんな狭っ苦しい家の中を。なんでだかわかる？　俺にはわかった。俺を食いたいんだよあいつは。どうしても。俺を食いたくてたまらないんだよ。新しい呪いを得て人間になりたいのか、もしくは単に俺が気に入らなくて消したいのか、はたまた俺があまりにうまそうなのか知らないけどな。とにかくそうに違いない。なら、俺が食ってやる、と思った。それが普通だろ。普通は人間様が鳥を捕まえて羽根むしって焼いて食うんだよ。そうしてやるよ。あの鳥をぶち殺して羽根むしってここで焼いてやる、食えねえ分は冷凍していつまでも腹の足しにしてやるよってな。その日、夕焼けを見た。嫌な色の夕焼けだった。子どもの頃、家族で鍋をやってて、俺は早く鶏肉が食いたくって仕方なかった。野菜より肉が食いたくて仕方なかったんだよガキだったから。で、母親の目を盗んで肉にかぶりついたらまだ中が生煮えでひやっとして、俺の歯が作った断面がさ、ちょうどあんな色だった。生煮えの鶏肉の色の夕焼けだ。食欲はなかったけど、俺はトリウチにやるはずだった粥を食った。体力を保つためにね。それから、また食卓の下に横になった。もう今日からベッドで寝られるな。嬉しいよ。床で寝ると体中が痛くてしょうがないんだ。今もまだ痛い。それに、そうだ、トイレにも行ける。え？　そんなもん庭だよ。そりゃそうだろ。仕方ねえもん。他にやりようがないでしょ。土曜は、でも結局、体がだるくて痛くて、昼間はずっとここでうずくまってた。気分が悪かった。ゆうべ粥だと思って食ったのはほんとはげろだったのかな、トリウチの。なんてわりと真剣に考えたりして。最後にはゴミ箱から粥のパックを出して握りしめて寝た。俺は正真正銘の粥を食ったんだって脳髄に刻もうと思って。携帯電話の音にうなされながらうつらうつらしてた。なんかずっと鳴ってたけど、あれは……あれはきみか？　悪かった。駅に迎えに行く約束をしてたのに。ほんとに悪かった。でも思い出せなかった……第一、駅に迎えに行っても予定どおりこの家には招待できないよな。鳥の占領下にあるんだもんな。何回くらいかけてくれた？　随分うるさかったな……でもあれはきみだったんだな。俺は鳥がわざと鳴らしてんのかと思ったよ。なんでって、そりゃ俺をおびきよせるためじゃないか。そうだよ、あいつは俺をおびきよせようとしてやがったんだ、実際にな。真上で、真上は妻の部屋なんだけど、そこで鳥が羽ばたいてる音が聞こえたし振動もあった。それから俺の部屋を荒らしてるらしき音も。俺はかっとしたけど、うずくまり続けた。俺を怒らせて誘いだそうったってそうはいかねえぞばかにすんじゃねえよ、ってな。和室のガラス戸を完全に粉砕したのも鳥。庭に、本、何冊か落ちてたろ。びりびりになって。あれも鳥がやったんだ。まさかノートパソコンまでぶち壊して庭に捨ててやがったとは今朝まで気付かんかったけどな。あの糞鳥。なにやってくれとんのじゃ。くそっ。その日の夕方は、俺が金曜の図書館のバイトさぼったもんで、ってさぼってしまったことさえ忘れ去ってたんだけどね、職員やってる友達が心配して見に来てくれた。そうだ、その友達も随分電話してくれたみたいだった。そいつ、俺の様子見て、……俺、そんなひどい格好してる？　えらい心配して、飯奢《おご》ってくれたよ。そこで俺の話を聞きたがったけど俺は適当に誤魔化した、だって、こんなこと言えんわ。とても。……きみは別だよ。きみ以外の人には、言えない。

ラーメン屋行く道すがら、俺、その友達に、そいつ中原ってんだけど、中原に金を貸してくれって頼んだ。駅前にイズミヤあるだろ、イズミヤ見て思い立ったんだ、ヘルメットと金属バットを買おうって。そしたら中原は、俺が今買ってきてやるから何が欲しいか言えときた。俺は押し黙った。それで結局イズミヤは素通りして、そのままラーメン屋に行った。困ったことがあったら言えよとあいつは何度も言ってた。ラーメンが来たけど俺はあんまり箸をつけなかった。のれんの奥にちらちらするごつい中華鍋を見てた。ぎらぎら黒光りして、ゴキブリの背中みたいだった。そしたらあいつ、餃子とレバニラとチャーハンも頼んでくれた。俺は食うだけ食ったらろくな挨拶もせずに帰って来た。戻ったらまずインターホンの後ろのコードを引っこ抜いた。台所の窓から中に入ると、俺は流しの下を開けてみた。包丁はもう一本しかなかった。一本目は妻の部屋のドアにまだ刺さってるはずだし、二本目はどこに行ったのかさっぱりわからない。

家の方々から軽い振動や、ガラスを割ったり破片を踏みつぶす音なんかが断続的に聞こえてた。俺は待った。鳥の活動が終わるのを。寝込みを襲いたかった。あれだけでかい体してたら、どこで寝ててでも見つけられる。じっと椅子に座って目を閉じ、奴の立てる物音に神経を集中させた。長いこと待った。静かになってからも油断せずに待ちつづけた。窓の磨りガラスが青くなってきたころに、俺はそっと立ち上がった。戸板の前の椅子を時間をかけて除け、左手に包丁を握った。奴のかぎ爪に比べたら品のいい細工物みたいなもんだった。頭にはステンレスのボウルを被った。ヘルメット代わりに。戸板を開けるのにも焦らずに充分時間をかけた。まず頭だけ出して廊下の様子をうかがい、なにもいないのを確認すると、俺はそっと廊下に出た。左手の包丁を前に突き出し、右手で頭のボウルを押さえて、慎重に一歩踏み出した。そしたら。そしたらさ。奴がぼふぁっと羽根膨らませて斜め向かいの和室から滑り出たんだ。あいつ俺を待ち伏せしてやがったんだ、鳥のくせに生意気な。俺は泡食って台所に戻ろうとした。だが奴が脚を機敏に振り上げて向こうから引き戸の端を蹴って閉めた。とんっと軽快な音がして俺は退路を断たれた。鳥は得意げに膨らんで、そうなるともう廊下は鳥でいっぱいだった。鳥の向こう側がまったく見えなかった。奴は首をこっちに突き出して「キッ」と鳴き、ずずずずっと土壁を擦って意外なほどのスピードで迫ってきた。俺は首を刺し貫くつもりで包丁を繰り出した、だがあいつはひょこっと首をずらしてそれを避け、脚で包丁を蹴り上げ、おまけに俺の頭をがつんと突っつきやがった。やっぱりボウルを被ってて正解だった、もし被ってなかったらあの一撃で俺は脳味噌から奴にご賞味いただいてたに違いないんだ。包丁を失った俺は、ぐっと顎を引いてボウルを奴のくちばしに押しつけた。鳥はわざとゆっくり押し返してきた。なぶって遊んでるんだと、はっきりわかった。俺は背中に隠してたフライパンを右手に握りしめ、手首のスナップを利かせて右側から思いっきり鳥の横っ面を土壁に叩き付けた。……包丁はほとんどカムフラージュみたいなもんだった、用意してたんだ、フライパンを。背中に。柄をベルトに差して。右手首が外れたみたいに強烈に痛んだけど俺は叩き続けた。土壁を。そのうち手首に力が入らなくなって、俺はフライパンを取り落とした。

俺は座り込んだ。のろのろとボウルを脱いで、壁を見上げた。奴の頭は完全につぶれて、紙みたいにぺらぺらになって張り付いてた。引っ張って歪んだ転写シールみたいだった。そして、真っ黒な血が壁に大きな染みを作ってた。頭以外はまだふくらみがあったけど、奴の体の下敷きになってた包丁を探し出して、それで壁にくっついた鳥の顔を削り取ってたら、すぐに重みで首からちぎれて床に落ちた。頭部で唯一つぶれず残ったくちばしも、そのとき落ちて床板でカラカラ転がった。俺は身を切り分けようとした。決心したとおりに食ってやろうと思ってね。縁側から入ってくる風が、羽毛をふわふわと遊ばせて、思わず撫でるとそれはまさにピッピの感触だった。一通り感触を楽しんでから、俺は和室にほったらかしてたトリウチの、げろ人間専用寝床に使ったゴミ袋を持ってきて、鳥の体の下に敷いた。まったく役に立つゴミ袋だよ。

その上で、俺は丸一日かかって奴を解体した。正しい腑分けの仕方なんて知らないから、とにかく切れるところをぶつ切りにしていった。ほとんど血はでなかった。全部土壁が吸ったのかな。ガラスが割れて開け放しの縁側から、野良猫が一匹入ってきて、俺が切り分けた肉を勝手にぺちゃぺちゃ食い始めた。生肉のままで。そのうち子どもや仲間がそれはそれはたくさん現れて、俺が解体した肉を端から食ってった。俺はたびたび休憩して、むしった羽根で猫たちと遊んだ。それで猫は羽根も気に入ったらしく、猫どうしでも盛んに遊んでた。そのうち、羽根は大量にあったんだけど風に散ってどっかに消えた。くちばしや骨は、ああいうのも猫にとっちゃ貴重なカルシウム源なのか、カリカリやってたな。もしかしたら爪でも研いでたのか？　うとうとしてるうちにもう砂みたいな状態になってたから庭に捨てた。肉も俺の手元にはほとんど残らなかった……猫ってよく食うもんなんだな、あんな小さな体で。際限なく食ってたもんな、感心したよ。わずかに残った肉は、多分冷凍庫に入れたと思う。欲しけりゃ持って帰ってもいい。これで始末は終わった。でも土壁の血は残ってた。今も残ってる。

# 五

携帯電話の呼び出し音と着信音が、半テンポずれながら鳴っている。一つは、武藤雪子の携帯電話、呼び出し音を彼女の暗い耳の奥へ注ぎ込んでいる。もう一つの着信音はブロック塀の向こうで、ぴりりぴりりりと痛々しい。

「……鳴ってますね」武藤雪子と内田百合は顔を見合わせた。武藤はいったん携帯電話を切った。りり、ぴりっ、やはり半テンポ余分に鳴ってから、塀向こうも静まりかえった。武藤はブロック塀と繋がって高木家の敷地をかたどっている、錆び付いた小さな鉄製の門に手をかけた。錠は下りている。武藤はさっきから何度もこの門を揺ってみているから、それは知っている。同様に何度もインターホンも押しているから応答がないのはわかり切っていたが、彼女はもう一度ボタンを押した。

「でも、携帯電話は家の中にある……」

ボタンに添えた人差し指をじっと見つめる武藤を、内田が心細げにうかがっている。武藤はきっと顎を上げた。すうっと息を吸って、「高木さあん！」

内田は思わずあたりを見回した。武藤とは違い、彼女にはご近所の目が気になるのだった。これでは私も含めて不審人物と思われかねないとびくつくが、すぐに、様子を見に来る人があれば、高木の奇行を語り伝えて不審人物を正しく特定するまたとない機会であると気づき、むしろ誰か知り合いが通りかかるか家から出てきてくれないものかと願いさえした。

「高木さん！　いるんでしょ！　高木さん！」だが、なんの反応もなかった。高木家からも、周辺住民からも。内田は買い物かごを持ち直して、目の前で叫んでいる女を手持ちぶさたに眺め、これはやはり高木の恋人だろうかと勘ぐった。彼女は、昼寝をしている娘のもとへと急ぐ内田百合を呼び止め、握りしめた葉書を差し出したのだった。

「あの、すみません、このお宅を探してるんですけど……」葉書はただの年賀状だったが、女が示した送り主は、高木成一。内田は顔を上げ、よく抑えた声で、「高木さんでしたら、うちのお隣です」と先導した。

「……内田さん、でしたよね？」武藤が叫ぶのをやめて内田を振り返った。

「あ、はい」

「私、ちょっと中、見てきます」

「えっ？」

「だって心配ですし……様子が変だったんですよね？」

「ええ……まあ」

「見てきます」

門の柵は彼女の胸くらいの高さだった。閉じた日傘とかばんを門の脇に置くと、スニーカーにジーンズ姿の武藤は、難なく門に足を掛け、それを足場にしてブロック塀によじ登る。三歩ほどそろそろと歩き、ほとんど葉の落ちてしまっている障壁代わりの植え込みを過ぎると、彼女は塀の高みから敷地内を見渡すことができた。庭に飛び降りるために軽く曲げた膝が、それきりで固まった。彼女の足を止めたのはまず、臭気。それから、本。文庫本。新書。ハードカバー。投げ出された数冊の書籍が、ばっさりと一八〇度に開いて庭草の上に点在している。おまけにその中には、本と同様に羽根を開いた鳥のような姿でノートパソコンまでが紛れ込んでいた。彼女は縁側に目を上げた。縁側のガラス戸は、ガラスが粉々に割れて枠だけがひっかかっていた。太陽は彼女と目の前の廃屋まがいの家屋のちょうど真上にあり、生え伸びた雑草が油をかぶったようにぎとぎとと光った。

「あの、どうですか?……どうかされました?」

内田の声に武藤は、はっと姿勢を正した。内田の声の中には、凶暴な好奇が吹き荒れており、武藤はそれで背中を打たれたように思った。

「武藤さん?」

「とにかく見てきます……荷物、投げて下さい」武藤はきっぱりと答え、間を置かずに庭に飛び降りた。内田は武藤の求めに応じるしかなかった。

「武藤さん、あの、私、しばらくここにいますんで」と内田が叫んで寄越す。

「いいえ」武藤は日傘を体の前に構えて張りのある声を出したが、「いいえ……はい、お願いします」と少々弱々しく言い直した。ふりかざした日傘を頼りに、まっすぐに家屋の方を向いて、武藤は進む。途中、草むらに隠れていたつっかけにつまずいた。「服部」とマジックで書かれた汚らしいつっかけだった。それから、武藤は高木の携帯電話を発見した。それは、縁の下で緑色の光を点滅し、彼女に存在を知らせていた。武藤は身をかがめ、腕を伸ばしてそれを拾い上げた。縁側にはガラスの破片が散らばっていた。少し迷ったが、彼女はスニーカーのまま上がり込むことにした。ゴム底の下で、破片がみしりと音を立てた。忍び足で、彼女はソファの脇を通り過ぎ、廊下へ出る引き戸をすうっと開いた。そこに、高木成一がいた。

彼は武藤に背を向け、土壁をタオルで拭いているのだった。汗を床板にぼたぼたとしたたらせながら。武藤は日傘の切っ先を下ろし、静かにスニーカーを脱いで手に持った。

「高木くん」武藤がささやく。高木が振り返った。

「……雪ちゃん」

「何してんの、高木くん」

「雪ちゃんこそ……あれ？　今日は？　何曜日だ？　えーと」

「月曜」

「え、じゃあ、仕事は？」

「休んだ」

「……なんで」

「なんでって」そのとき、はじめて武藤は高木の背後に、大きな黒々とした染みがあるのに気付いた。高木を丸飲みにしようと怪獣がぱっかりと口を開けているかのような。

「高木くん、それ、なに?」

「……ああ、これ、……なかなか落ちなくて」高木は照れたように笑った。高木の顔は汗と埃で汚れており、顔色を見極めることはできなかった。しかし、彼女にはこれだけで充分だった——高木がとりあえずは無事に生きており、その上、自分との約束をすっぽかしたのは、関係を絶とうとしてのことではないらしいと直感したので。武藤は気の抜けた笑い声を漏らし、それに高木が追従すると、じゃれるような調子でふと「……もしかしてさあ、誰か殺してそこに塗り込めたの?」と言った。そして、自分の言ったことに対し、朗らかな笑い声を立てた。高木もまた彼女に倣《なら》い、楽しそうに笑う。彼は笑いながら頭を抱えて座り込んだ。しかし、顔を上げたとき、彼は真剣な、泣き出しそうな顔をしていた。

「いや、……だめだ、ふざけてないでちゃんと説明する。聞いてくれる?」

武藤は彼の横にしゃがみ、肩に手を置いた。高木はふらりと立ち上がった。そのせいで、武藤の手は彼の肩からすべり落ちてしまった。彼女は立ち上がり、もう一度高木の肩に手をやった。

内田百合は、ブロック塀にもたれ、帽子のつばを下げて肌を守りながら、夫が「隣は恐らく借金かなにかを抱えており、早晩夜逃げするであろう」と予言したことと、自分が見聞きしたことを一つ一つ照らし合わせている。彼女の背後で、野良猫が塀の上をのたり、のたりと歩いてきた。それに気付き、内田は塀を振り仰ぐ。たちまち日光が目をあぶって、彼女は涙さえ滲ませた。瞼を押さえながら「にゃあ子」と声をかけると、猫は億劫《おっくう》そうに振り向いた。その猫が知己であることを確かめた内田は、買い物かごから魚肉ソーセージを取り出すと、背伸びをして塀に置いた。しかし猫は口を付けない。

「どしたのにゃあ子」内田はソーセージを手に取り、逆光のせいで灰の塊のような猫にぐっと差し出した。猫は細かな爪を振りかざして内田の手を払った。そして、俊敏にブロック塀を蹴ると内田の肩を掠《かす》めてアスファルトに降り立ち、彼女が振り返ったときにはもうどこにもいない。内田は上半身をねじったままの姿勢で、喉をからからにして立っている。

「内田さん内田さん」

武藤の声に、内田は「あっ」と叫ぶところであったが、実際には喉が「グッ」と妙な音を立てただけで済んだ。振り返ると、武藤が門から身を乗り出している。彼女は内田を待たせていることを思い出し、高木に断って出てきたのだった。彼女のうしろで玄関のドアが開いているのが、ぼんやりと内田の視界に入った。

「あら、それは……」

「あの、高木さん、いましたから。大丈夫でした。多分、大丈夫だと思います」

「ほんと、お世話になりました、どうもありがとうございました」一礼して、武藤はドアを閉じた。内田は慌てて何か言おうとしたが、もう遅い。

(……猫のせいだ)内田は口を開けたまま、野良猫をなじった。それというのも、彼女ははっきり見てしまったからだった、猫の頬に紅が、まあるい紅が差してあるのを。猫が塀を飛び降り、彼女の肩を掠めた一瞬に。この事実に対し適当な理由を見つけ出すために、彼女は脳のあちこちでひどく忙しく信号をやりとりせねばならず、そのせいで内田は武藤から情報を引き出す機会を逸したのだ。

(何よ……あんなの、鳩か雀か、……もしかしたらねずみなんかを……そうに決まってる、いやだもう、あんなにほっぺを血だらけにして。もう、そんな、猫なんかより……)内田は高木家の門に手をかけ、上半身を敷地内に突っ込んだ。けれど何も見えない。

一方の武藤、彼女の顔は気負いと緊張のせいで奇妙につやつやかだった。彼女は自覚している。自分も内田百合と同様、まだ何一つ見えていないのだと。しかし、高木が彼女に向かって「聞いてくれる?」と言った、そのことが武藤に力を与えた。自分は信頼を得ている、彼に降りかかったトラブルを、今、自分が一緒に払い落とすのだ、そう思ったら、彼女の小柄な体の中で、常よりも勢いよく血が巡るようだった。

武藤は今度は尋常に玄関でスニーカーを脱ぐことができた。それを揃えたついでに、てんでばらばらの方向を向いてひっくりかえっていた見慣れないスニーカーも、隣に揃えて置いた。それはベージュのスウェード地に、明るいオレンジのラインが入ったスニーカーで、着るものになんのこだわりもない高木成一が履くようなものにはとても見えなかった。武藤は少しそれを眺めたが、結局はそのスニーカーが男物であったために興味は持続しなかった。高木が台所から顔を出して「こっち」と手招きした。椅子にかけると、武藤は彼女のために用意されたウーロン茶を啜り、はじめから核心を突くような無神経な聞き方はすべきでない、と考えた。

「あっ、そうだ高木くん、ピッピは?　会わせたいって言ってたでしょ。ピッピ、この部屋にはいないの?」

高木は武藤の目をじっと見た。それから、充血した目の縁から汗とも涙ともつかないしずくを指で取り払い、「ピッピは死んだ。いや殺された。いや」と言った。

# 溶けない

# 一

夜になると、体中にきりきりと血がめぐった。グラスが金色のビールでぴかぴか光って、小さな気泡がぽこぽこ上がって、それを追いかけて浮上すると、雲。でも、私がグラスに鼻をくっつけんばかりに見入ってるにもかかわらず、父と母はいつだってこともなげにグラスを取り上げ、ごぼごぼと飲み干してしまう。だから私は、ふたりの胃袋が夕暮れの海みたいに金色に満たされる様子を思い浮かべ、いまに二人のお腹のあたりが輝きだしやしないかとスプーンを舐《な》めながらちらちらと盗み見るけれど、もちろんそういうことにはならない。飽いた私はスプーンに関心を移す。ケチャップの汚れや湯気の曇りを丁寧に舐めとったばかりのスプーン、私の手のなかにある私専用の銀色のまんまるなスプーン、そのスプーンは真上にある電灯の光を撥《は》ね返してオレンジ色に輝き、傾ける角度がうまければ青、黒、白に、ときには赤にも、ちかちかと点滅する。光源は、テレビ。放映しているのはたいてい時代劇だった。私が気に入っていたのは、大立ち回りのあと、刀の血をぬぐって宙に投げ捨てた紙が画面一杯に降り注ぐシーン。夕ご飯を食べ終えると、早速ティッシュの箱を失敬し、次々に引っ張りだしては空中に投げ上げた。けれどテレビのようにはいかない。ティッシュをいい具合に投げるのはとても難しい。理想のかたちを実現できないまま、私はついに妥協する。床のティッシュを踏み分けて胸を張り、鞘に刀をおさめる所作をものものしく模すのだ。その際、ちん、と、口で、言う。鍔《つば》が鯉口《こいぐち》にぶつかる音。母が背後で、わっ、もう、こらっ、と声を上げる。

でもメインイベントはやっぱりお風呂。湯船のなかで十でも二十でも三十でも父の求めるままに数えた。ときには求められた以上の数を数えた。どれだけでも朗々と数えて、私は得意でならなかった。浴室の外では母が待っている。ピンクのタオルを広げて、そして、ピンクの小花柄のパジャマを用意して。ボタンはプラスチックだったけれど、ひときわ濃いピンクで、やっぱり小花をかたどっていて、それを私は自分で留めることができた。いい子ね、と母が私を褒めるから、私は張り切っていくらでも留める。最後のボタンを留めるとき、もっとボタンが続けばいいのに、とさえ思う。背後で突然ドライヤーが吠える。長い髪が四方八方に飛び散る。ドライヤーはうるさくて、好きになれない。今もきらい。けれど終われば、母が長く伸ばした私の髪をブラシで梳《と》かしてくれた。ブラシはいつもするすると通った。

我慢ならないのはたったひとつ、眠らなくてはならないことだった。黄色いヒヨコが点々と並ぶ布団は好きだったけど、たいてい私はまだ、眠くなんて、ない。顎のすぐ下までを布団で密閉されそうになり、私はあわてて蹴り上げる。母は、やさしい声で、だめ、と言う。私は金切り声で、いや！　と、叫ぶ。身をくねらせて掛け布団の上に乗り上げる。小花柄のパジャマが胸のあたりまでめくれあがってお腹が露出する。母がパジャマを引っ張り下ろしてくれる。それから布団の端を握り、無理矢理に持ち上げようとする。私は振り落とされないよう、しがみつく。笑い声をたてる。脚をばたつかせる。私を寝かすための母の行為のひとつひとつが、私にとっては遊びだった。私の一日は私が眠りに落ちた時点できれいさっぱり終わってしまうから、母の一日がそのあともまだ続いていて、やらなければならないことや、やりたいことが控えているなんて思いもしない。もう、ふざけないで、ねえお願い。曖昧に笑いながら母が懇願する。私の肩に手をかける。ね、と語気を強める。掛け布団の端を引く。こういうときに、母は、言うのだ。

早く寝ないと、恐竜に食べられちゃうんだから、って。

私は吉田若葉の病室の前に立っている。ここへ至る道すがら、幼いときのことがぽつぽつと、かつて夢中で見入った炭酸の静かな泡立ちのように、はじけた。けれどそれは吉田若葉には関係がない。彼女に聞かせるべき話は、この先。私は病室のドアをノックした。返事はない。再びノックしたが、同じことだった。吉田さん、と呼びかけながら、私はほんの少し、ドアを開ける。隙間から、なかを覗く。吉田若葉と目が合う。彼女はベッドの上で上体を起こし、斜めに立てかけたクッションに身を預けてこっちを向いていた。けれど私をみとめると、素早く体をひねって背を向けてしまった。

「こんにちは」

彼女は反応しない。肩甲骨が、呼吸のためにわずかに震えるだけだった。罵声さえ、与えられなかった。私は彼女の着ている薄い緑と白の細かい縦縞の病衣を長いこと見ていた。生成《きなり》の布団がじんわりと陽光を吸っていた。そこからはみ出した彼女の右脚は、指の付け根までギプスで固められている。親指の爪の根元で、剝がれ残ったネイルエナメルのラメが不意に鋭く光った。これはだめだと思った。彼女は、私となど一切口をきくつもりはないのだ。私は手のなかの花束に目を落とした。来る途中に用意した、スイートピーとガーベラとかすみ草の、粗末な。ガーベラの花びらは、早くも傷《いた》んでいる。

私は目を上げた。彼女のゆるく隆起した頰骨の向こうで、わずかにのぞく睫毛《まつげ》の先が、ちら、ちら、と上下していた。私は静かに深呼吸をした。ここになにをしに来たのかを、思い出せ。私は、ここに、話をしに来たのだ。会話ではなく。だから、これでかまわない。彼女の鼓膜がよく機能し、私によく動く舌と喉があれば、充分だ。とにかく、話をしないうちは帰らない。私は花束を彼女の枕元に置いた。そして壁に立てかけてあった折りたたみ式のパイプ椅子をがりがりと引き摺ってベッドの脇に寄せた。

　彼女が私をあたたかく迎えるなどとははじめから思っていなかった。私は罵詈雑言を覚悟してここに来たのだ、沈黙ならばむしろ好都合と心得るべきだろう。私は努めて厚顔を装い、できるだけ大きな音を立てて椅子を開き、どん、と乱暴に腰を下ろした。私は私の体内できりきり舞いするこの話を、彼女に話さずにはいられないのだ。私はこれを、かつてほかの誰にも話したことがない。それは、誰にも理解されないだろうと確信していたからであり、子どもの頃にしまい込んだ挙げ句、ゆうべまで私自身ですら、その存在をほとんど忘れ、無視してしまっていた。そういった話を彼女に話そうと決意したのは、彼女となら分かち合えるだろうと確信したからにほかならない。伝わる、と思ったのだ。吉田若葉にならば。伝わる、ということは、私と彼女が友好的な関係を結ぶ、ということと同じではないから、私たちのあいだに怨恨やそのほかの負の感情が介在したところで、それは障害にはならない。彼女は聞き、きっと理解する。その結果ますます怒るかもしれないし、意外にも私に同情を寄せるかもしれないが、そんなことは私の知ったことではない。

ことばが出口を求め、ぶうぶうとふくらんで口元に押し寄せていた。吐き出せばそれらは病室中をいきいきと回遊するだろう。

「あんたがそんなに悪い子なんだったら、お母さん、もう、恐竜に食べられちゃうんだから、って、母はよく、私にそういう叱り方をしました」

けれど実際に飛び出した声は、自分でもびっくりするほどに細く高く弱々しく、天井近くまで浮き上がって瀕死の身を寄せ合う小魚たちだった。話し始めたばかりなのに、私は強い不安に打たれた。

「母によれば、恐竜は、私たち家族の住むマンションよりもはるかに大きくて、肌は岩のように真っ黒、黄色い目は爛々と輝き、紫色の舌が意外に長く伸びる、ということでした。けれど」

私を不安にさせているのは私自身の声だった。どんどんうわずって軽くなってしまう、私の声だった。

「けれど。……けれど。けれど」

重厚で落ち着いた声を求め、私は喉に力を込めて「けれど」を繰り返した。「けれど」は一言ずつ、低くなっていった。私は深みのある、聞き取りやすい声を模索し、さかんに咳払いをした。

「けれど、けれど。けれど」

　吉田若葉がかすかに頭をめぐらせた。目尻ぎりぎりまで黒目がやってきて、視線が、私の目を捉えた。私は思わず黙った。自然と微笑みがこみあげた。彼女は慌ててまた向こうを向いたけれど、もう遅い。聞いている、吉田若葉は、私の話を。私は力を得て、また唇を開いた。相変わらずひ弱な声だったけれど、もう、あまり気にならなかった。そんなことは捨て置いて、とにかく話すべきだ、と思った。

「けれど、うちには恐竜図鑑があって、私はそっちを信じていました。その本はたしか父方の祖父がくれたもので、もらったとき母が、この子は女の子なのに、ってぶつぶつ言ってたのを覚えてます。でも私はその本が好きでした……薄かったけれど表紙にビニールのカバーがかかっていて、母が私のために揃えてくれたどの絵本よりも大きくて立派だったから。そのなかに絵が、恐竜たちが赤い大地にむやみにのたくっているそのうしろで紺色の空に真っ白な爆発、そういう絵があって、隅っこに、『こうして　きょうりゅうは　ほろんだのです』って書いてあるんです」

　図鑑の中の茶色や緑色や灰色に彩色された恐竜を指し、これはみんな嘘なんだ、本当のことは今以《もっ》て判明していない、と教えてくれたのは父だった。母はあの本は読みたがらなかったから、そういうことをきっとなんにも知らないんだと思った。

「私は母に真剣に教え諭しました、恐竜はとっくに絶滅したんだよって。それに恐竜の色なんて誰にもわかんないんだよ、ってことも。すると、母の手が、炊事で荒れるからといつもアロエのハンドクリームを塗っていて、そのせいで少しべたつく手が、丁寧に私の前髪を揃えてくれて、その手のかなたで母の顔が無表情に、そうだね、って言うんです、いかにもその場しのぎで同意しました、って風情で」

お母さんお母さんねえお母さん、と私は叫んだ。お母さん、だから、だいじょうぶだよお母さん、恐竜はぜつめつしたんだからお母さん。母は、そうだね、を、いくらでも繰り返した。そうだね、そうだね、そうだね。母の視線は私をまっすぐに向いているけれどなぜか私まで届かず、母と私との間にあるなにもない一点で止まっていた。母は薄ら笑いを浮かべていた。母は、うつろだった。母は、どこか正気でないようにも見え、私は母を呼び戻すために恐怖を込めて叫んだ。ね、だから、ぜつめつしたんだから、こわがらなくてもだいじょうぶなんだよ、ね、お母さんお母さん。

「でも、小学校に上がる頃には慣れて、聞き流すようになりました。それどころか、母が本当に恐竜の絶滅を知らないわけはないと判断する分別もつき、だから、うちの母はいつまで私を赤ちゃん扱いして、取るに足りない脅し方をするんだろうって、腹さえ立ててました。……でも」

私はここでいったん、黙った。彼女を待ったのだ、彼女が振り返り、「でもほんとに食べられちゃったのね？」と質問するのを。けれど吉田若葉はかたくなに押し黙っていた。ただ、睫毛の先が一瞬、するどくはためいた。それから、また、もとのペースでのまばたきが始まった。

私は話を再開した、ただし、ちょっとした意趣返しに、結論を先延ばしにして。

「マンションのどこかの部屋で、誰かがピアノの練習をしていました。同じ何小節かを、何度でも何度でもしつこく繰り返すのに、律儀といってもいいくらいに同じ箇所でつまずき続けるんです。

母は食卓に頬杖をついていました。聞くともなしに、その下手なピアノを聞いていたみたいです。鍵をがちゃんと開けて私が入って行くと驚いて立ち上がり、食卓に広げていたスーパーのチラシをぐちゃりとわしづかみにしました。いつもなら母は、私が小学校から帰る前に買い物を済ませるんです。でも、その日は違った。母は照れ隠しのような笑い方をして、杉本さんとこの舞ちゃん、全然うまくなんないねえ、って、やや声をひそめて言いました。

ベージュの綿の帽子を被り、二の腕まである長い、真っ黒な手袋を塡《は》めながら、母は、お留守番できるよね、と振り返りました。私は少しはしゃいでいたかもしれません。母は専業主婦だったから、ひとりで留守番をする機会なんてあんまりなくて、でもクラスには両親が共働きで、家に帰ったら夕方遅くまでひとり、あるいはきょうだいだけになるっていう子が何人もいて、さみしいという感情をほとんど知らなかった私には、なんだかそれが大人っぽく思えて、うらやましくて。だから」

けれど、宿題をしてなさいね、と言われて私はむっとした。私は床に下ろしたランドセルを開けようとしていたところだった。今から私これをするの、と算数のプリントを出して見せるつもりだった。はしゃいでいた気持ちがすっと冷えた。汗で濡れた腕を、冷房の風が擦《す》って、ぶるっと震えた。言われなくったってするもん、私は口答えした。そう？　と母は向こうを向いた。私はランドセルを抱えて自分の部屋に入った。戸の向こうから、じゃ行ってくるねと言った母に、私はもう返事をしなかった。行ってらっしゃい、も、気をつけてね、も言わなかった。むやみに腹を立てて、ランドセルの赤ばかり見ていた。それでもばたんと玄関のドアが閉まると後悔した。今でも後悔している。

「母は小一時間で帰ってきました。といっても、姿は見てないんです。ただ鍵の開く音がして玄関のドアの開く音がして、閉まる音がして、スーパーの袋ががさがさと音を立てました。じきに呼ばれるだろうと思いました、おやつだよって。私は宿題のプリントに描いていた落書きを急遽消して準備万端整え、じっと待ちました。けれど、またドアの開く音がするんです。続いて閉まる音が、最後に鍵をかける音がしました。私は椅子から飛び降りて部屋を出ました。誰もいませんでした。玄関マットの上に、ぱんぱんに膨らんだスーパーの袋が三つ、置きざりになっているだけでした」

その袋からは、サランラップの筒箱と、それからプリンの三個パックが斜めに突き出ていた。

「なにか買い忘れをしてスーパーに戻ったんだと思いました、そういうことはめずらしくなかったから。

けれどそのとき、靴箱の上にくったりと手袋が伸びていることに気付いたんです。それに帽子も。そういうものを忘れるなんて、考えられなかった。日焼けが老化を促進するのよ、っていうのが母の持論で、自転車に乗るときには、あ、母は買い物にはたいてい自転車なんですけど、とにかくそういうときには帽子と長手袋を絶対に欠かさない人だったんです。絶対に。どんなに服と合わなくても。帽子に手を伸ばすと、なかにはまだ母の頭の温度がしっとりと籠もっていて、外側は夏の日にあぶられてばりばりと固くなっていました。私は手袋と帽子をさらってドアから転がり出ました。エレベーターはなかなか私のところまで下りて来ないので、非常階段を二段とばしで駆け下りて、マンションのエントランスに飛び出したんです」

そこにはごく当たり前の道路があり、向かいには小さな歯医者さんがあるはずだった……けれど実際にあったのは、洞穴だった。洞穴としか、たとえようがない。大きな、赤黒い洞穴だ。私は少し考え、結局そのまま口にした。

「洞穴がありました。マンションの前にあった道や建物が消えて、代わりに洞穴があったんです。見上げると際《きわ》には茶色っぽいものが並んで垂れ下がっていて……私はテレビで見た鍾乳洞をぼんやりと思い出しました。母は、その洞穴の少し手前にいました。片足を自転車のペダルにかけ、もう片足で、とん、とん、とエントランスのタイルを蹴って。私は声をかけようと思ったんですけど、ふと躊躇しました。洞穴は赤黒くって、強い日射しが射すわけでもなくむしろ薄暗かったから……だから、いらないのかもしれないと思って……帽子も、手袋も。それに、私のみつあみから数本ほつれて飛び出している髪が妙に縮れてうねっていたんです。湿気が多いところではよくそうなるんです。そういう髪質なんです……雨が降るのかもしれないと、思いました。それだったら、母に傘を持ってきてあげないといけないと思いました。でもたとえ雨が降っても洞穴のなかだから平気か、ともぼんやり思いました」

そのとき、のんびりと響いていたピアノの音がやんだ。「杉本さんとこの舞ちゃん」は、練習に飽きたのかもしれなかった。ちょっとした沈黙のあと、「ねこふんじゃった」が猛烈なスピードで降ってきた。私ははっとした。

「そうしているうちに、母は自転車に乗って洞穴に踏み込んでしまっていました。自転車のタイヤが踏んでいる地面は、紫色をしていました。その上、ぬめっとしていて、タイヤが踏むと沈み込み、行き過ぎるとやわらかに盛り上がるんです。それは洞穴の奥からずっと伸びてきて、エントランスのタイルに垂れていました。そこでようやく、母を止めなくては、と思い至り、お母さん、と叫ぶために私は口を開けました。けれど洞穴の奥から吹き付けてきた風が喉を焼いて……酸っぱいような、ちくちくするような、変な風で……かまわず叫びましたが、ひしゃげた音が出るだけで、到底母に届くものではありませんでした。母は振り返らず、めりめりと自転車を進めていきました。私は咳き込みながらも駆け寄って、紫色の地面に右足で飛び乗ったんです。すると右のズックがねっとりと足首まで沈み、それで私は完全にバランスを失って真後ろに転びました――ねえ吉田さん」

私は呼びかけた。吉田若葉は動かない。

「ねえ、わかるでしょう、吉田さん。吉田さんにはわかるでしょう？　恐竜です。恐竜の口だったんです。恐竜が大口を開けていたんです。紫色の舌を垂らして」

私は腰を浮かし、思い切って彼女の肩に触れた。途端に、吉田若葉が荒々しく振り返り、私を睨みつけ、自分の胸元を顎で示した。そこには、彼女の握り拳《こぶし》があった。握り拳からは、コードが出ている。ナースコールだ。病衣の袖が少しまくれ、吉田若葉の二の腕がのぞいていた。その上で葡萄を踏んだように、あざのはびこる腕だった。あれは私のつけたあざ、私の手の痕だ。ゆうべ、彼女を墜落させまいとして必死につかんだときの。

私は力なく椅子に戻った。

「転びながら私は」と私はつぶやいた。話はまだ終わっていない。吉田若葉はまた背を向けた。

「見ました。右にかしぎながら洞穴の奥へ自転車ごと消えていく母を。そのうしろすがたを紫色の舌が、突然口のなかへ引き戻されていく舌のうねりが隠し、すると次に、黄ばんだ巨大な歯が外国の墓石のように並んでいるのがあらわになって、私は、お母さん、と呼びかけることも忘れてただ悲鳴をあげようとしたんですが、声は、ささくれだった喉にひっかかってすっかりかすれて出なくって」

うしろに転んでいくさなかに、私は見えなくなっていく母をつかもうとむなしく空を引っ掻いた。帽子を取り落とし、目の前が握りしめていた手袋のはためきでいっぱいになったとき、「ねこふんじゃった」がぷつんと切れた。代わりに、じゃりん、と音がした。母の自転車のベルの音だった。それが平然と、取り澄ました響きで私の耳に届いて、なまあたたかい空気が頰の産毛をぶうっと撫で、瞬間、ぴりりと軽く刺すような痛みを残して過ぎた。

「転ぶ、という過程をあんなに長く感じたことはありませんでした。のけぞって宙に浮きながら、私は目をぎゅっとつむりました……私はもうそのときすでに、それが恐竜だと悟っていました。それに、次に食べられるのは自分だと覚悟を決めてさえ、いました。でも、なにごとも起こりませんでした。私はエントランスのタイルに伸びていました」

「杉本さんとこの舞ちゃん」は「ねこふんじゃった」をやめて、練習を再開していた。それがずっと耳に入ってきていることに気付いて目を開けると、私よりもずっと小さな男の子を連れた女の人が私を覗き込んでいて、ああびっくりした、と笑った。その親子連れは、マンションの住人だった。ふたりのうしろには、晴天の空。どうしたの？　とその女の人が聞いた。男の子は怒ったような、随分力の入った顔で私を見ていた。なあに、遊んでたの？　とまた女の人が聞いた。私は母の長手袋をきつく抱いていた。跳ね起きてあたりを見回したけど、帽子はなかった。きっと母と一緒に飲み込まれたのだろう。

私はしばらく吉田若葉の反応を待っていたが、彼女が相変わらず何も言わないので、「あの、これでおしまいです」と言ってみた。すると、吉田若葉がつぶやいた。

「カメレオン」

「は？」

「カメレオン。恐竜じゃなくて」

そういえば、彼女はゆうべもそんなことを言っていた。

「あの吉田さん」

吉田若葉が振り返った。ナースコールを握りしめたままで。

「帰って」

「でも吉田さん、あれは」

「帰って。私はあんたのお母さんじゃないし、あれは恐竜じゃない」

「吉田さん」

「帰って」

「そんな」

知らず知らずのうちに声が高くなった。ことばを彼女の耳にねじこもうと焦って、滑り落ちるような早口で私は言った。

「吉田さん、吉田さんも見たでしょうあれは恐竜です、私のところに来た恐竜なんです、今、話したでしょう母のことを、恐竜はきっと私を食べに来たんだと思います、だって」

吉田若葉が目を閉じた。胸の握り拳の、親指がかすかに動くのがわかった。私は口を開けたまま、黙った。うろたえて立ち上がると、パイプ椅子が揺れて、大きな音を立てた。不審者と指差され、取り押さえられるのはごめんだ。私は逃げた。さよならも言わず、病室を出た。

　病院内を早足で通り抜け、正面玄関を出てようやくほっとした。振り返ったが、私に注意を払う人など誰一人いない。煙草に火を点《つ》け、最初の煙を吐くと、私の話、私の記憶、私が彼女と共有できると思ったもの、それどころか私のすべてがその頼りない煙草の煙そのもので、それを吐いた今、私の体は臓器も骨もみんな消え失せてただのからっぽの皮袋になってしまった気がした。病院の建物に沿って歩くうち、前方に汚いチラシの束のようなものが落ちているのが見えた。近づくにつれ、正体がわかった。花束だった、ガーベラとスイートピーとかすみ草の、粗末な。私はその前で立ち止まり、見下ろしながら煙草を吹かした。見上げると、いくつもの窓が連なってそびえている。私は花束をまたいで、先へ進んだ。途中、狭い裏口いっぱいに数人の中年男性が集まっているのを見た。彼らはみなパジャマの上に上着を羽織り、誰もなにも話すことなく、同じ方向を見て煙草を吸っていた。煙はひょろりと細く伸び上がって、葉が落ち始めて肌を晒す植木の枝に絡んでから消えた。

## 二

ゆうべは、少し風のある晩だった。私はスウェットの上下を身につけ、その上にフード付きのジャケットを無理矢理着込んでベランダに座っていた。我ながら珍妙な恰好だとは思ったけれど、誰に会うわけでもない。と思ったのに、恐竜に会った。そして吉田若葉に会った。私たちは顔見知りだった。彼女は同じマンションの上の階に住んでいるのだ。私が三〇二号室、彼女が四〇二号室。私たちは、エントランスのポストの前や、エレベーターなどでよく顔を合わせた。話はほとんどしない。ただ、エントランスの隅にあるゴミ箱を囲み、ポストのなかから取り出した余計なチラシを捨てるとき、どちらからともなくそのチラシの見出しを読み上げることは、あった。たとえば、

「保証人はいりません。五十万即金で都合いたします」

そして、二人して、小声で笑う。

「完全無修正」

そして、二人して、小声で笑う。

大学の構内でも、彼女の姿をしばしば見かけた。それで、同じ大学の学生だという

ことが知れた。目が合うと、彼女は会釈し、私も会釈した。ときどき、私たちは単なる顔見知りではなくて、親しい友達なのではないかと思うことがあった。そのくらいに彼女の遠い会釈は親密で、嬉しげだった。私たちの年齢では、本当に親しい友達であったなら会釈ではなく、手を振り合うのだけれども。

「上の階の人だったっけ?」と北本英紀が尋ねる。大学では、最近、私のとなりにはたいてい彼がいる。入学当初にできた友人のうちのひとりで、一ヶ月ほど前に部屋に泊めたのを区切りにしてつきあいはじめた。

「うん、そう。吉田さん。吉田若葉さん。きれいな名前でしょ」と私は答える。

「どこの学部?」と彼が言う。

「さあ」と私が言う。

私がベランダに出ていたのは、煙草を吸うためだった。コンクリートの床に直接尻をつけ、膝を折って座り、閉めたガラス戸に背を預け、煙草を吸っていた。網戸はもたれると傷むし、体も安定しないので開けはなしてある。長い髪が夜風に捕まってひよひよと浮いた。はじめはそのさまを面白く思わないでもなかったけれど、そのうち誰かに引っ張られるような気がして、すると急に怖くなって、私はフードをかぶって髪をたくしこんだ。縁取りのファーが頬と顎をなぶった。冷えが、指先から肩に浸透しつつあった。私はゴムスリッパの開いたつま先にのぞく靴下の毛玉をむしっては風にまぎれて捨て、白いけむりを吹き流していた。漫然と。震えながら。

柵のあいだから、目の前に建つ似たようなワンルームマンションが迫り来るようによく見えた。私の住むマンションと向かいのマンションのあいだに走る道路は、一方通行で幅がとても狭い。だからたいていの人がカーテンをひきっぱなしで生活している。夜の眺めは悪くなかった。眼前の窓々は、室内の照明を透かしてカーテンがおのおのの色をぽっ、ぽっ、と浮かび上がらせている。ほのかに赤い窓、底冷えのする青い窓、黄ばんだ窓、無味乾燥な白い窓、黄緑を帯びた窓。私は煙草の煙と一緒に、肺で温めた空気を冷気に吐き散らしてあたりを白く攪乱《かくらん》した。それを夜風があっさりと引き裂いていく。私は大あくびをした。目尻からこぼれた涙は頬骨をじりじりと越すと、あとは顎の骨に沿って一目散に流れ落ちた。

冴え冴えとした空気が喉を洗って流れ込んでくる。すると、もともと寒さに縮み上がっていた体の表面と、さっきまではあたたかだった体のなかがみるみる釣り合っていき、私自身と外界の区別がなくなってひとつになってしまうような気がして、自分の肉体が今にも霧散するような気がして、けれどそれが奇妙に心地よく、喉をひくつかせてさらに吸い上げたとき、舌にぬるりとしたなまぐさい湿気を感じた。途端に調子が崩れた。私は、吸った大気をみな吐いて咳き込んだ。肩甲骨のあたりからうねるように咳き込んだ。咳き込む音が、向かいのマンションとこちらのマンションのあいだでこだまするのではないかと恐れ、私はてのひらで口を押さえ、暴れる喉を引き締め、頭が腹に食い込むほどに身を曲げた。

ようよう収まって涙の膜で曇った目を上げると、個性豊かだったはずの窓々が、ひとつに合体している。黄色い大きな玉、透明のプラスチックの球を黄色く塗り、そのなかに藁半紙をくちゃくちゃに丸めて押し込んだような玉に。そのほかはなにもない。真っ黒だ。真っ黒ななかに、黄色い玉だけが浮いているのだ。

私は煙草をくわえたまま、ゆっくりと立ち上がった。立ち上がると、ほんの少しの高低差で、もう風の勢いが違った。フードのファーがぞわぞわとうごめいて、こめかみや頬骨をちりちりと打った。遠近感がつかめなかった。黄色い玉がどのあたりに浮かんでいるのか、わからない。私はポケットからライターを探り当て、やや腕を伸ばして柵の手すり近くでしゅっと擦った。すると、その玉の周辺に、ごつごつとした黒い岩肌のようなものが照らし出され、思わず声を上げてライターを取り落とした。

もはや目が慣れて、ライターの炎なしでも、私は、私の目の前にあるそれの形状を理解することができた。玉は手すりのすぐ上にあり、しかも浮いているのではなく岩肌と一体なのだ。玉がそのままの位置で、ぐるんと裏返るように動き、私を、見た。

——体は真っ黒で、目が黄色で、舌は紫なの。

かつて母はそう言った。幾度も言った、言い置いて母は飲まれたのだ。あのとき私は口のなかしか見なかった、けれどわかる、これは目なのだ恐竜の。私は後ずさった。背が閉じたガラス戸にぶち当たった。黄色い目と見つめ合ったまま、私は後ろ手でガラス戸を開けようとした。けれど、自分の体重のかかったガラス戸を開けるのはひどく難しい。

恐竜がゆっくりと角度を変えた――私は息を詰め、つま先立ちで伸び上がり、痛いほど背骨をガラス戸に押しつけた。そのくせ、ふと、見とれた。ごつごつした真っ黒な肌が、私の部屋の灯りを受け、控え目に、上品に、繊細にきらめいたから。ガラス戸をまさぐる手が自然に止まった。唐突に暗闇がぱっくりと裂け、なつかしいあの洞穴が、そして紫色の道が現れ、湿った息を吐きかけられてファーの一本一本がくったりとこうべを垂れても、私はまだ見とれていた。恐竜の喉はぬめぬめと濡れ、舌すら臓器の一部のように艶っぽく脈動した。

そうか、恐竜は待っていたのだ、とひらめいた。きっと私が大きく育ち、食べごろになるのを待っていたのだ。私は十九歳の今日まで、恐竜に飼育されていたのだ。私は笑った。鼻であざ笑うような笑いを、笑った、少しだけ。

吉田若葉が闖入《ちんにゅう》したのは、そのときだった。

救急車が吉田若葉を運び去るのを上から見守り、部屋に引き揚げると、放置していた携帯電話に実家からの着信が五件も記録されていた。母だ。かけなおそうとして、けれど冷えた親指がうまくボタンの上を這い回らないのに難儀しているうちに、六度目の着信があった。出て、咄嗟《とっさ》に嘘をついた。

「ごめん、さっきまでお風呂に入ってて」

こうでも言っておかないと、夜遊びでもしていて出られなかったのではないかと質《ただ》される。母は心配性なのだ。私にまつわることには、特に。

「そう」

母は疑わなかった。けれど声が震えていたので、私はぎくりとした。

「明日だけど行けなくなったの」と母は続けた。そして鼻を啜った。今し方、パート仲間のヤマモトさんとやらが急病で入院したとの連絡を受けたという。

「救急車で運ばれたんだそうよ。あ、別に大したことないの盲腸だって盲腸、でもお母さんせっかくお休み取ってたのに出勤しなきゃなんなくってしかもこの分じゃしばらくまとまった休みなんか絶対とれない、ほんとタイミング悪いんだからヤマモトさん、先週はヤマモトさんが香港に旅行するっていうからシフト替わってあげて、今回そのお返しをしてもらうつもりだったのに、勝手よねえ、って、そりゃあなりたくて盲腸になったわけじゃないのは承知よお、お気の毒だと思うわあ、でもヤマモトさんには及ばなくてもお母さんだって随分お気の毒だと思わない？　ほんとに、もう荷物詰めて、さあ明日は早起きしなきゃいけないから寝ようと思ったら電話があって、早起きは早起きでもいつもみたいにパートのために早起きする羽目になっちゃって、お母さん明日のことものすごく楽しみにしてたのに、ごめんね、ほんとにごめんね。ね、だから冬休み、絶対に帰って来なさいね。一年もあなたに会わないなんて、いやだからね。お母さん待ってるからね。お願いよ」

私がわざわざベランダに出て喫煙していたのは、母のためだった。私の母は筋金入りの嫌煙家なのだ。大学進学のために家を出てこのマンションに越してきたのが今年の三月、四月の半ばにはバイト先の先輩とつきあいはじめ、その人の真似をして煙草を覚え、五月には別れたけれど喫煙の習慣は残った。煙草を吸い始めてから実家に帰らず、母にも会っていない。私は隠し通すつもりでいる。私は母とうまくやりたい。余計な心配をかけたくないのだ。だから、はじめてここを訪れる母のために、カーテンや衣類、床や壁に至るまで消臭スプレーまるまる一本分を念入りに噴霧して、証拠隠滅を図った。そんな部屋で一服できるわけがない。だから、ベランダ。しまい込んだ灰皿の代わりに、コーヒーの空き缶を持って。

そう、母は、いる。といっても、もちろん、本当の母ではない——本当の母は、吉田若葉に話したとおり、恐竜に飲まれた。ただ、彼女に話したあれには、つづきがあるのだ。新しい母の話が。

母は家を出るときに居間の電気を消して行った。よく晴れていれば、昼間のうちはそうしておいても居間はぼんやりと明るかった。長手袋をぐしゃぐしゃに丸めて自分の勉強机の引き出しに押し込んだあと、私は居間の食卓の下にもぐった。次第に真っ暗になっていくなか、なにをするでもなくぽつんと座っていた。父が帰ってきて電気を点け、私を発見して声を上げるまで。私はなにも考えてはいなかった。「杉本さんとこの舞ちゃん」が弾くたどたどしいピアノの音に、見慣れた光景の断片が脈絡もなく引っかかっては通り過ぎていくだけだった。とりわけ、小学校の黄色いジャングルジムがちらついた。塗装が剝げ落ち、赤茶けた鉄が露出している部分がある。はじめは小さな傷だったのに、私が、私だけでなくたくさんの子どもが、それを手がかりに爪をひっかけ、みるみる塗装を剝がすから、黄色くて無害で親しげだったジャングルジムは、手負いの獣のように見えた。あらわになった鉄は、さわると掌紋の溝に赤い錆びの粉が食い込んだ。

名前を呼ばれ、手招きをされても、私はぼおっとして目の焦点がなかなか合わなかった。問われてもどうして母がいないのかつまびらかに説明することなどとてもできず、ようやっと、「お母さんはお買い物」と小さな声で私は言った。父が手を差し出した。私はそれを握り、すると父が引っ張って私を食卓の下から出してくれた。

「お買い物からは帰ってきてるじゃないか」

玄関先のマットに置き去りにされた袋の中身を冷蔵庫にあけながら、父が言う。卵はプラスチックのケースごとゴミ箱行きだった。帰宅した父が、袋につまずいて転んだからだ。全滅だった。

「また、行ったの」と私は主張する。父はタオルをしぼる。

「ふうん」とうなる。

「たしかに自転車はなかったな」と考え込む。あたりを見回して、買い物用のかばんも財布も帽子も、日焼け防止用長手袋もないことを確認する。

父は玄関マットの上にかがみ込む。タオルでたたく。あたりには魚のにおいが充満している。いつからか、底近くに入っていた魚のパックが傾き、あるいは破れ、汁が漏れてマットに黒々と染みをつくっていたのだった。

「また買い物に行くってお母さんは言ったか?」と父が尋ねる。

「……ううん」

消え入りそうな声で、私は話す。部屋で、宿題、やってたから、お母さんの顔、見てない。帰ってきたのは、音で、わかった。出て行くのも、音で、わかった。お母さん、特に、なにも、言わなかった。

「そうか」

父は染みの部分を一通り湿らせると、それですっかりあきらめてしまう。玄関はなまぐさいままだ。

私に買い置きのレトルトカレーを与え、テレビを点けてアニメのチャンネルを選び、父は私の頭に手を置いた。

「大丈夫、お母さんはすぐ帰ってくるよ」

そう言い残して、携帯電話とアドレス帳をかかえ、寝室に籠もってしまった。

大丈夫、お母さんはすぐに帰ってくるよ。

父の言葉を、私は反芻した。途端に涙が食卓にばたばたと落ちた。私は父に言わなければならない。今すぐ寝室を開けはなって飛び込み、父にこう告げるべきなのだ。

お父さん、お母さんはもう帰ってこない。

そのことを突然に了解し、食卓の下にもぐっている間それを了解することがなかった理由までも、私は瞬時に理解した。母が帰ってこないのは恐竜に食べられてしまったから。恐竜に食べられてしまったのは、私が悪い子だったから。そして、それを私が理解したくなかったのは、つまり、母が消えてしまったのは私のせいだと認めるのがおそろしかったからだった。

私はスプーンをカレーのなかに押しやった。椅子の上で膝を折り、その膝に額を押しつけ、私は泣いた。私は母につまらない口答えをした。おまけに、母は知る由《よし》もないことではあるけれども、母が出掛けてから、私は真面目に宿題に取り組んでいたわけではなかった。むしろ、算数のことなんかほんの少ししか考えてはいなかった。考えていたのは、ほとんどお姫さまのドレスのフリルのことばかり。私は宿題のプリントに、一心不乱に落書きをしていたのだ。その上、机に向かっていたことすら、ずっと、というわけではなかった。母の箪笥を開けてブラジャーやパンツを出し、レースの具合を検分したりしていた。いい子とは言えない。それほど極悪とも思えないが、少なくとも、いい子では、ない。

その晩、なにも言わずどうしても泣きやまない私に、父は「お母さんはお祖母《ばあ》ちゃんのところにいたよ」などと、いい加減ななぐさめを言った。さらには、「明日、帰ってくるから」と、すぐにばれる嘘までついた。私ははなから信じなかった。いつまでもぐずぐず泣くので、父は私を部屋へ追いやらず、父と母の寝室へ招き入れて母のベッドに寝かした。

「甘えん坊だなあもう小学校二年生なのに」と父は気楽に笑っていた。母に二度と会えないことがわかったら、そしてそれが私のせいだということがわかったら、父はどれほど私を嫌うだろうと思った。私なんか、どこかにやってしまうかもしれない。隣で父が眠ってしまうと、私はベッドを抜け出した。

私は真っ暗な玄関に立った。なまぐさいにおいはおとろえを見せず、しんしんと漂っていた。私はマットの上に寝転がった。マットからはみ出ないよう、体を折り曲げ、膝を抱くようにして横になり、目を閉じようとして、ふと、閉じようが閉じまいがどちらでも同じことだ、と思った。あたりはそれほどに暗かった。私は目を見開いて長いことそうしていた。そして母のことを考えた。きっと胃袋のなかというのは、こういうところだろうと思った。恐竜の硬くて厚い皮膚のなかの、そのまた胃袋のなかは暗いに決まっているし、その食生活を予想してみるに、いかにもこのようななまぐさい空気を溜めているにちがいない。お母さんは今、こういうところにいるのだと。

翌日、私は学校を休んだ。

「頭、痛い」

「なんであんなところで寝るんだ」

父は体温計を差し出した。熱はなかった。でも、父は学校へ欠席の電話をしてくれた。そして、プリンを食べてもいいと言ったけれど、私は首を振った。

「お昼までにお母さんが帰ってこなかったら、これな」

たん、とカップ麺が食卓に置かれた。お昼まで？　お昼、どころか。私は父の暢気さを憎悪した。罪悪感を棚に上げて。罪悪感を棚に上げるため、かもしれない。けれどそれが表情やことばや動作となってあらわれるのを待たず、父は会社に行ってしまった。

ひとりになると、私はまっすぐに本棚に向かった。寝癖で後頭部の髪が浮き、毛先は反り返り、パジャマのままだったけれど、そんなことはどうでもよかった。私はあの大きな恐竜図鑑を引っ張り出した。この、いんちきめ。恐竜は絶滅してなんか、いない。お母さんが正しかった。私はむやみに怒りを燃やした。せき立てられるように、図鑑の破壊工作にいそしんだ。

上製・糸綴じのその本を、時間をかけて細切れにした。硬い表紙は膝で叩き折った。全体重をかけてやっとのことで二つに折った。もう二、三度折り畳みたかったけれど、それは無理な話だった。音を立ててページを引き裂く私の隣で、表紙の折り目がゆっくりと開いていった。私は改めて表紙を二つ折りにし、セロハンテープをぐるぐると巻いて二目と見られない姿にした。そして、さっきまで本であったそれらのゴミをかき集め、ゴミ袋に押し込み、着替えもしないでマンションのエントランスに下りてゴミ集積ボックスに投げ入れた。すべてが片付くと、私は汗を流し、お腹を空かせていた。

私はカップ麺を無視した。五枚切りの食パンの袋を開け、焼かずにマーガリンとジャムをさんざん塗った。マーガリンを塗った上に、スプーンでいちごジャムを塗りつけ、そのスプーンをまたジャムの瓶に突っ込んで幾匙もすくったので、瓶の中身はたちまちマーガリンで汚れた。母はこういうことをとても嫌がり、ジャムをすくうスプーン、すくったジャムを塗りつけるスプーンを分けて使うよううるさく指導し、けれど毎日のようにそれを忘れてしまう私に、ああもう、お母さんの言っていることを全然聞いてくれない、お母さんなんてどうだっていいのね、うるさいだけなのね、そんなだったらお母さんなんて恐竜に食べられていなくなっちゃうんだから、などと嘆いたものだったが、もう関係ない。私は食パンの厚みほどもジャムを塗りたくった。そして憤然と大口を開けてかぶりついた。

するとで、玄関で、鍵の開く音がした。続いて、「いやだ、なにこれ、くさい」と言う声がした。母の声だった。私は咀嚼をやめた。いっぱいに詰まったパンとジャムで、うまく口を閉じることができない。半開きの口で、居間の戸を見つめた。やがて、戸は、きいと開いた。

このようにして、私は新しい母と対面した。

母は笑った。

「口」と言って笑った。私はただ母を見ていた。母は帽子をとり、また「ジャム」と言って笑った。そして、「ごめんね帰るの遅くなっちゃって。今日、ずる休みしたんだって？　まあ、たまには、いいか」とすずやかに言い放ち、あとは愚痴だった。

「もうお父さん、信じられない。マット、ちゃんと拭いてくれたらいいのに。あんなの放っておいたらゴキブリが来ちゃう」

　母はタオルを手に、ばたばたと廊下に消えた。玄関の方から、とんとんとんとんとん、とマットを叩く音が規則正しく居間に入ってきた。あの人はいったい誰だろうと私は警戒した。そっくりだった。母そのものだった。しばらくすると、彼女は洗面所に入っていったみたいだった。廊下を覗くと、マットがなかった。洗濯機で洗うのだろうと思った。私は口のなかのものを無理矢理に飲み込んだ。パンの塊が、食道をぬるりと下っていく。その感触にぞっとした。あわてて吐き戻そうと大きく口を開いたが間に合わない。塊は喉を通りすぎていってしまった。

　母はまだ洗面所から出て来ない。私は廊下を駆け抜け、靴をひっかけてマンションの駐輪場まで下りた。

　自転車は、あった。しれっとして、そこにあった。薄ら寒いブルーの塗装の自転車が。私はサドルによじのぼってベルをはじいた。じゃりりんと鳴って、やっぱりベルも、しれっとしていた。顔を寄せてにおいを嗅いでみたけれど、当たり前の鉄のにおいがかすかにするだけだった。なまぐさくもなければ、触ってべたつくこともなかった。けれど、よく考えてみれば自転車なんてどうだっていいことだった。この自転車が本当に母の自転車であろうが別にあつらえた偽物であろうが、なんの不都合がある？自転車に期待されるのは、乗って快適に走ることができる、それだけだ。問題は、母だった。

うしろから誰かが私の肩に手を置き、思わず身を固くした。私の名前を呼んだその人は母、新しい母だった。

「どうしたの、急に。そんな恰好で。びっくりしちゃうじゃない」と新しい母は言った。そして振り返った私の顔を見て噴き出した。

「口、真っ赤」

私はますます警戒を強めた。

その警戒は、一緒に部屋に戻るやいなや頂点に達した。新しい母は、気の触れたように消臭スプレーを撒き散らしはじめたのだ。マットを取り去っても、魚のにおいが充満していたためだった。玄関に入った途端、「だめだ」と彼女は絶望のうめきを漏らした。彼女は眼球を取りこぼすくらいに目を見開き、しきりに鼻の穴を震わせながら踊るようにスプレーを噴霧した。その異様さに打たれ、私は立ちつくした。以前テレビで見たアフリカの神事をふと思い出した。それほどに新しい母は素早く腰を曲げ、あるいは反らし、腕をぴんと伸ばし、リズミカルに跳ね回った。彼女は、躍起《やっき》になっていた。魚のにおいを激しく憎んでいた。呪ってさえいるようだった。本当の母が残していったものだからこれほどまでに嫌うのだ、と思った。そう考えると、合点がいった。そのとき、私は決めた。においを完全に消しても、私は絶対、私の本当のお母さんのことを忘れたりしない、と。

でも結局、それが頂点だったからあとは下降するだけだった。なぜなら新しい母は、本当の母にあまりにも似すぎていた。頭のてっぺんからつま先まで、それこそ始終気にしていた頰の染《し》みも、皮がべろべろに剝がれていてすぐにストッキングを伝線させてしまう指も、巻き爪気味の裸足も、本当の母と寸分違わず、同じようにやさしく、同じようにぼんやりしていて、同じようにたまに泣いて、同じ味の料理をつくった。それはまさしく私の母だった。恐竜のことを一切口にしない以外は。

そう、新しい母は、私を叱るとき、恐竜を用いなくなった。マーガリンの白がマーブル模様を描くいちごジャムの瓶を見ても、荒々しく怒鳴り、私を泣かせただけだった。恐竜に食べられる夢を見て夜中に泣き喚くと、駆けつけた母はあろうことか、こう言うのだ。

「大丈夫、恐竜は絶滅したんだから。だから、怖がらなくても大丈夫」

そのうしろで、父親が「あれぇ?」と声を上げる。

「お祖父《じい》ちゃんにもらった恐竜の本、どこ行った? あれに書いてあるんだけどなあ」

「ね、ほら、お父さんもああ言ってるでしょう、絶滅したの、恐竜は」

「……真っ黒で、目が黄色で、舌が紫の恐竜も?」

「そう」母はうなずく。

「どんな恐竜も」

「……」

　その人は、私の好物のひとつはグリーンアスパラガスなのに、ホワイトアスパラガスはどうしても食べられないということは、ちゃんと知っている。仲良しの友だちの名前も、その子の誕生日さえ知っている。私の縄跳びの記録が三十二回であるのも知っている。「どう？　新記録は出そう？」と聞いてくる。ホットミルクをつくってくれるし、私にマグを渡す前に、上に張ったミルクの皮膜をスプーンですくい取って捨ててくれる。「おやすみ」と言って前髪を撫でる手は、アロエのハンドクリームのせいで少しべたついている。小さくてわがままで甘えん坊だった私がこの人に慣れ、なつき、親しみ、信頼し、感謝し、愛するのは至極簡単で、かえってそうしないことの方がひどく難しかった。父もこの人を本当の妻とみなしていた。私だってそう思っていけない理由はない。家には父と私のために、いつでも全力を尽くそうとする人がいて、その人が父の妻であり、私の母だった。私は本当の母と新しい母を分けるのをいつしかやめた。本当の、とか、新しい、というのは単に言葉の上での問題であって、次第に意味を失っていった。

そう、意味はない。新しかろうが本当であろうが、この十一年間慕ってきた母が、私の母だ。もはや彼女が何者であれ、私の母親は、この人でしかあり得ない。私が信頼しているのは本当の母ではなくこの新しい母で、私を育て私がいないとさみしいと訴え、ゴールデンウィークにも夏休みにも帰らなかった私を恨み、この上はお母さんの方からあんたのところに遊びに行きます、と言い立てたのは本当の母ではなくこの新しい母なのだ。

母に対する情愛を改めてかみしめ、そのせいでにじみそうになる涙を必死でこらえているあいだに、母の話は終わっていた。私も母も何も言わない二秒が過ぎた。

「……あんまり、残念そうでもないのね」と母が独り言のように言った。

「えっ？」

「ねえ、お母さんが行くの、本当は、うっとうしかった？」

「……えっ？　そんなことないよお母さん、私、本当に楽しみにしてたんだよ。ねえお母さん、私、冬休みには絶対に帰るから。お正月はいっしょに初詣に行こう。ね。待っててお母さん」

私はうかうかと恐竜に食べられたり、しない。この新しい母が待っているのだ、私はこの人と初詣に行く。決意と思いやりを込めてささやいたけれど、母は「なあにその猫なで声」と気味悪そうに言った。

布団とシーツとの洞穴は、消臭スプレーのにおいに充ち満ち、やけに寒々として手足に馴染まない。きっと私は眠れないだろう、と思う。そもそもあんなことが起こったのだから、そうやすやすと眠れるわけがないのだ。けれど気が付けば、私は眠りと覚醒のあいだにぴんと張られた綱の上でバランスを取っている。眠るのか、とあきれかえる。眠ることができるんだ、と自分の図太さ、ふてぶてしさが憎い。けれども眠りのうねりはたちまちのうちに憎しみをぼろぼろに風化させてしまう。私は足元の綱がぶるぶるると揺れるのを感じる。そしてとうとう足を踏み外すその瞬間、心ならずも本当の母のイメージが浮かんだ。それも恐竜の胃袋のなかで溶けてなくなっていくイメージが。本当の母は、若い。白髪ひとつない髪は長く、体はずいぶん痩せている。顔にはしわも見当たらない。閉じたまぶたの皮膚が、ぴんとしている。そのまぶたが溶けて流れる。鼻がとろりと垂れ下がる。唇は流れ出した皮膚に埋もれてとうに見えない。うつぶせの肩に頭髪がずるんと落ちかかり、母はのっぺらぼうになっていく。胃の底で盛り上がる小さな肉の山になる。山の裾野がじりじりと広がる。山が低くなる。低くなっていく。消化吸収されていくのだ。

眠りに落ちることはまっくらな胃袋にまっさかさまに転落することに似ている。けれど私が落ちていくその胃袋が、恐竜のものなのか母のものなのかわからない。私の本当の母は恐竜の血となり肉となったのだから、同じことかもしれない。

　朝になると、シーツも布団も私の体温でだらしなく温もっている。カーテンの布と布の合わせ目にわずかな隙間があり、そこから光が一つ、二つ、私の布団に落ちている。照らし出された布の毛羽立ちが、どこか微小な植物のように見える。吉田若葉の怪我はどんな具合だろう、と思う。なぜ彼女は恐竜に飲まれたかったのだろう、と思う。飲まれるままにしなかった私にどんな感情を持っているだろう、と思う。私はおそらく彼女に話をすべきなのだ、私が、彼女が飲まれるに任せることができなかった理由を……突然、つきさるような奇妙な喜びで指先が震えた。そうだ、話さなくてはならない。そして、彼女は私の話をすんなり受け入れる。もう友達になどなれなくても、彼女なら間違いなく私の話を理解する。

　私はシャワーを浴び、身支度を整える。そして、大家が日課の散歩から帰ってくるのを見計らう。大家は六十代の男性で、このマンションの一階に一人で住んでいる。今年のはじめに奥さんを亡くしたらしい。家賃収入だけで暮らしているようだ。彼はしょっちゅう散歩している。深夜でさえ、散歩する姿を見ることがある。しかしその姿は一向に溌溂とはしていない。靴底をざりざりと擦ってゆっくりと、だらしなく進むのである。彼のもとには、たまに三十歳くらいの女の人が訪ねてくる。娘さんだろうと思う。彼女は小さな女の子の手を引いていることもあるし、夫を伴っていることもある。

　挨拶を交わし、「ゆうべ……」と水を向けると、大家は「自殺じゃない、自殺じゃないよ、本人がそう言ってるんだ」とまくしたてた。明らかに自殺未遂であると信じ込んでいる顔で、彼は禿げた頭をむやみに振る。

「もちろんです」

「そうですよ、なによりね、本人がそう言ってる」

　大家は緊張した表情でさらにたたみかける。私だけでなく、自分自身をも組み伏せる勢いで、しゃべる。

「本人がそう言ってるんだ。本人がね。吉田さんはね、ぼくにはっきり言いましたよ、ちょっと身を乗り出しすぎただけだってね」

「もちろんです」

　停電したみたいに、大家が黙る。私の顔を探るように見ている。私が吉田若葉の言い分を受け入れて疑うそぶりすら見せないのが、よほど不審らしい。私はつとめて邪気のないふうを装って大家と目を合わせ続ける。大家が気まずそうに目を逸らす。

「私、お見舞いに行こうかと思うんです」大家の白目を見ながら、私は言う。大家は病院の名前を教えてくれる。

三

真っ正面にはテレビ。電気の消されたワンルームを青に染め、テレビは高圧的に発光している。その四角のなかを、翼竜が斜めに横切る。それからティラノサウルスが雄叫びを上げ、その背景でブロントサウルスが草を食《は》んでいる。その光景を覆い隠すように、「恐竜絶滅の謎に迫る」と題字が現れる。私は北本からリモコンを奪い、チャンネルを切り替える。

「なに」

「他のがいい」

私たちはベッドの上で壁に背を預け、並んで座っている。リモコンのボタンを押していくと、文句を言いたげな北本の顔色がめまぐるしく変わる。結局私は、洋画の放映にチャンネルを固定した。画面のなかで爆発が起こり、瞬間、部屋がオレンジ色に輝く。

「俺、これ、見たよ」と北本がつぶやく。

「そう？　私は見てない」

私は北本のジャージを着ている。北本のいる側とは反対のポケットに、リモコンをしまう。

「もう十時だよ。これ、始まって一時間も経ってるぞ」

「別にいいよ」

「よくないよ。面白くないって、途中から見ても」

北本が力を込めて主張する。

「そう？　これ、そんなに複雑な映画なの？　はじめからきちんと見ないとついていけないような？」

「いや」と北本が眉をゆがめ、ため息をついた。

「別に」

「そう？　良かった」

巨大な宇宙生物が猛威をふるっている。人がどんどん死んでいく。景気よく死んでいく。軽々と死んでいく。北本はそれきり黙って画面に見入っている。と思ったら、それは私を油断させるための演技だったようで、突然北本は私の背中に手を回し、ポケットからリモコンをすっと引き抜いてしまった。吹き替えの悲鳴が響く。ぷつん、と画像が消える。電源が切れたのだ。音声が途絶えると途端に、温風を吐き出すエアコンのぶすぶすという音が耳につく。玄関の照明が点いているせいで、辛うじてテレビ画面に映る私と北本が見えた。並んで映っている私たちは、なぜか個性を失って双子のように似ていた。

「……俺、今日、学校で聞いたんだけどさ」

北本が煙草をくわえた。私にも勧め、火を点けてくれる。

「自殺未遂の話。あれ、お前の上の階に住んでる人のことだろ？　ほら、よく挨拶してる人。たしか吉田さんって名前だったよな？」

煙がくらやみに立ち上り、幽霊のように浮かび上がっていた。それをエアコンの風が押し流し、けれどかき消しはせず、煙は部屋の気流をなぞって頭上をぐずぐずと旋回する。

「もうお前四日もいるだろ、ここに。学校も行かないで」

アルミの灰皿を求めて手を伸ばすと、北本がそれを先回りして取り上げ、私の前に置いてくれた。

「友達、心配してたぞ。携帯電話がつながらないって」

充電が切れているのだ、私の携帯電話は。私は吉田若葉の病院を出ると、駅から自転車に乗り、まっすぐに北本の部屋に向かった。母親との予定がなくなった、と告げて上がり込み、以来、ずっと、いる。コンビニに日用品を買いに行く以外、私は外出していない。チャーハンやヤキソバやスパゲティを彼と一緒に作るのは、楽しかった。眠るときも目覚めたときも誰かが私に触れているというのは、いいものだった。どうかしたのか、ちょっと元気がないんじゃないのかと尋ねられるのも、気分が良かった。別に、と笑ってみせるたびに吉田若葉のことを、カメレオン、と繰り返す小さいながら癇の強い声を思い出し、鳥肌が立った。

「そうじゃなくって」と北本が灰皿で煙草をつぶした。うつむいている。そうじゃなくって、というのは、どうも自分に言ったらしかった。北本は顔を上げ、私の左の二の腕を摑んだ。

「なあお前、なんで言わないの、そういうこと。吉田さんのこと。怖かったんだろ？　もしかして、何か見たの？　なんで俺に言わないの？　別に何日いたって、いいんだよ。帰れって言ってるんじゃないんだよ、なんにも言わないんじゃわかんないだろ。言えよ、なにかあったんなら。俺、聞くから」

　私は灰皿に煙草を載せた。私は二の腕に置かれた北本の手の甲を、右手で撫でた。目を伏せたが、北本は私を覗き込み、視線をとらえようとする。

「なあ、なんとか言えよ」

　私は上目遣いで北本の目を見た。それから、やはり目を伏せた。

　私は、今までに北本と交わしてきた会話を思い出そうとした。私たちはまずまずお互いを肯定し合ってきた――テレビや映画や、共通の友達や、見聞きしたことに対する評価において。けれどその肯定はホットミルクの表面に浮く膜のようなもので、その上に体を預けて立つことはとてもできないような気がして、むしろそうすべきでないような気もして、だから私は吉田若葉の話をしなかった。できなかった、のだけれども。

唾を飲み、まばたきをし、北本の手の甲を撫で回し、私は咳払いをした。

「恐竜が、出たの」

かすれた、ふぬけのような声しか出なかった。ひしゃげてエアコンの風に散りそうな声のまま、私は続けた。


暗闇のなかに、ベランダの天井の縁から人の足首がひとつ、すんなりと伸びてふらふらと揺れるさまを私は思い起こした。真っ白で骨張った甲と、ピンクのふっくらした足の裏でできた、紛いもない人間の足首だった。

「ベランダのすぐ向こうで恐竜が口を開けてて。……そこへ、落ちてきたの、吉田さんが。恐竜の紫色の舌の上に。お風呂上がりの吉田さんが。白地に青い水玉の、フリースのパジャマを着て、首にバスタオルを引っかけた吉田さんが……吉田さんは、私に背を向けて、正座をくずしたみたいな座り方をして、恐竜の赤黒い喉の奥を見てた」

落ちてきた彼女を、恐竜の舌はやわらかく、やさしくしなって受け止めた。その穏やかさに、そして左腕をふらりと持ち上げてバスタオルで後頭部をゆるゆるとこする、まるで自室にいるかのような彼女の振る舞いに、私は戸惑った。吉田さん？ と語尾を弱々しく釣り上げて、私は呼びかけた。名前を呼ぶのははじめてだったかもしれない。彼女は頭だけをめぐらせて振り返った。前髪から水滴がしたたり落ち、額を割って鼻筋を流れていった。

こんばんは、と吉田若葉が言った。愛想笑いを浮かべて。あ、こんばんは、と私も挨拶を返した。吉田若葉は暢気にくしゃみなんかして、そして、さむ、とつぶやいた。そりゃ、その恰好じゃ、と私は言った。ですよね、と彼女ははにかんだ。

「顔色がね、ひどく悪かった。理由はすぐに舌だってわかった。舌ね、恐竜の。紫色の舌。あの毒々しい色が吉田さんの顔に映り込んでるせいだった」

吉田さんはバスタオルを広げて肩に羽織ろうとし、あ、これも湿ってる、と苦笑した。

私は駆け寄り、手を差し伸べた。こっちに、と言ったとき、ぺりりと唇の皮が割れた。舐めると、かすかに血の味がした。早く、と私は小声で叫んだ。恐竜が口を閉じる前に、こっちに移って。

すると、吉田若葉は怪訝な顔をした。そしてきっぱりと、カメレオンです、と言った。私が、は？ と問い返すと、また、言った。これ、カメレオンです。私は、ぽんやりとして、ただ彼女を見つめた。彼女は品のいい微笑みを浮かべた。だから、カメレオン。やさしく、小さな子どもに言い聞かせるように言うのだった。

「吉田さんはまたくしゃみして、何度も連続でくしゃみして、大丈夫ですかって言ったら、大丈夫、大丈夫です、って言って、それから、じゃ、って会釈をしたの……いつも、学校でするみたいに。じゃ、私、これで、って。でもそんなの見過ごせないでしょう、恐竜の口は実際、ゆっくりと閉じはじめてたし。このままじゃ吉田さんが飲み込まれちゃうから、私、焦って、反射的にベランダの手すりから身を乗り出して、吉田さんの肘のあたりを摑んだの。そして、思い切り引っ張った。うちのベランダに引っ張り込みたくて。一気に引っ張れば、なんとかなるんじゃないかと思って」

目がちりちりして、つんと酸っぱいにおいがしていた。あ、そうか、これは胃酸だったんだ、とひらめいた。恐竜の胃袋で沸騰する酸だったのだと。

「吉田さんはされるがままになってた。ものすごく驚いた顔をしてたけど、声ひとつあげないでこっちを向いてずるずると舌からずり落ちて……両脚の、膝から下を舌に残して、一瞬吉田さんはベランダとの間で宙ぶらりんになった。でも、恐竜の上顎がどんどん迫ってた。それに気付くと吉田さんは悲鳴をあげて舌を蹴り、膝を曲げて、嚙みちぎられるのをぎりぎりで避けて、そしたら体重が一気に私の手にかかって」

私は北本を見た。北本は私を見ていなかった。彼は無表情に、新しい煙草に火を点けていた。私などこの部屋にいないかのような態度だった。玄関からの照明だけに頼っているこの部屋ではっきりとしているのは今、ライターの火と、それによって浮かび上がっている北本の鼻のラインと煙草だけだった。彼はぐったりと壁に背を預け、テレビの方を向いていた。

「北本」

小さな声で、私は呼びかけた。

「で？」と彼は応じた。

「え？」

「続き」

「あ」

私は北本の隣に並び、彼の肩に自分の肩をつけた。不安でならなかった。彼の吐いた煙が、目の前を通り過ぎていく。

「手すりから肩を乗り出して、柵の外側に叩き付けられた彼女の腕を掴んでるのに必死だった。だからいつ恐竜がいなくなったのか、どこに行っちゃったのかは、知らない。見てる余裕なんてなかった」

私は彼女の二の腕をつかんでいた。彼女も私の二の腕をつかもうとした。彼女のてのひらが暴れ、フードからこぼれ落ちた私の髪を数本ひきちぎった。私は彼女を引っ張り上げることよりも、次第に引き摺られて柵を越えてしまいそうな自分の上半身を柵の内側に留め置くことに筋力を多く用いなければならなかった。

「……で、結局、落ちたの。吉田さんは」

私はベランダにへたりこんで震えた。彼女が死んでしまったかもしれないと思ってコンクリートの床に額を押しつけて震えた。けれどすぐさま、今の音、なに？　なんか落ちた音？　と若い男の声が飛び交った。おーい大丈夫ですかあ？　生きてますかあ？　聞こえますかあ？　と間の抜けた声が私のマンションと向かいのマンションのあいだでびりびりと反響し、ほどなくして、あーもしもしぃ？　若い女の子がマンションから落ちて、あー息してます意識あります、と聞こえたとき、私もまた息を吹き返した、気がした。

北本が不意にリモコンを振りかざし、テレビの電源を入れた。私は北本の肩から身を離し、驚いて彼の顔を見上げた。北本はチャンネルを幾度か切り替え、「あ、まだやってた」とつぶやいて、リモコンを置いた。見ると、さっきの恐竜の番組だった。CGで作られた恐竜たちが、ゆったりと歩いている。

「恐竜って、こんなの？」と北本が聞いた。

「どれ？」

「どれでもない」と私が言った。どれでもない。どれも似ていない。私が言っている恐竜は、真っ黒で、目が黄色くて、紫色の舌をしているのだ。

「へえ」と北本がせせら笑った。私を見ずに、テレビ画面を向いたまま。額が青い光を受けて、ひときわ照り輝いている。舌が乾いて、苦い粘液がまとわりついているのが急に気になり出した。

「ねえ、聞いて」

私は北本の腕を軽く揺すった。母の話をしなければならないと思った。吉田若葉にしたように。けれど北本は私を振り払った。そして立ち上がり、ユニットバスへ消えた。水の流れる音がし、やがてしゃきしゃきと歯磨きの音が聞こえてきた。


自転車のハンドルを握る指が、順にころりと落ちるのではないかと思った。サドルの冷たさにおちおち座れもせず、北本のジャージの上に咄嗟にジャケットを羽織ったものの、ジャージの厚みで前のジッパーを閉めることができず、だからジャケットをばたばたとはためかせ、ジャージの布の目から染みてくる夜風に胸を凍らせて、私は立ち漕ぎで自転車を駆った。

人通りのない住宅街を抜け、角を曲がり、私のマンションが面する筋に入った途端、私は浮いた。自転車がひとりで、じいいっとチェーンをきしませて走っていくのが見えた。やがて自転車はがん、とアスファルトに倒れ、私も、アスファルトに落ちた。

仰向けに。落ちながら、目の端に映った人影、それにジャケットの脇のひきつれる感触から鑑《かんが》みるに、角に潜んでいた誰かが私のジャケットのフードを引っ摑んだのだろうと当たりをつけ、やがて私は後頭部を強打した。

フードがうまく私の後頭部を包んだけれど、それでもひどく痛んだ。それも、感じたことのない痛みだった。おそろしかった。大きく口を開けているのに、いっこうに空気を吸うことができない。おそろしかった。大変なことになったという気がした。私はなぜかお腹を押さえながら苦労してうつぶせになり、頰に冷たいアスファルトを擦りつけ、ようやっとフードに手を割り込ませて後頭部を撫でた。血で染まる、絶対に染まる、と思った。けれど、手はきれいなものだった。それを見るなり痛みが突然鋭くなったが、逆におそろしさは消えた。痛みは、日常の、馴染みのあるものであり、違うのは単に強度だけだった。私はさっきからよだれを垂らしていたことに気付き、ぬぐった。

「あんた、あんた大丈夫か」と中年の男が四つん這いになって私の顔を覗き込んだ。

「あっ、あんた」と驚いたその人は、大家だった。驚く権利はこっちにあるのではないかと思った。このあたりを大家が夜間に徘徊していることについては何の問題もないが、なぜ私が自転車から引き摺り下ろされなくてはならないのか。起きあがろうとする私を、大家が制した。

「頭、打ったんだろう、寝とりなさい。今、あんたの、そうそう、今日な、あんたの」

「大丈夫、大丈夫です、起きます、大丈夫ですひとりで」

うつむいたまま、私は腕を突っ張って上体を起こした。けれど立てなかった。足腰が震え、力が入らなかった。脇の下に差し入れようとした大家の手を私は強く叩いて追いやった。

「なんなんですか、もう。やめて。触らないで」

「な、あんたは、な、なにを」憮然として大家が言う。

「ぼくは、あ、あんたを助けてやったんじゃないか」

「はあ?」

「見なさい、前を」

私は、大家が指差す方向を見た。別になにもなかった。真っ暗だった。けれど、道の先すらなかった。私は上を見上げた。黄色い、細く歪んだ球が二つ、夜空に映えていた。息を飲んだ私に、大家は満足げにうなずいた。

「……恐竜」

また大家は満足げにうなずいた。私は首をひねり、大家を正面から見た。

「恐竜」

彼はやはり満足げだった。恐竜だ。やはりこれは恐竜なのだ、カメレオンではなく。

どちらからともなく、私たちは手を取り合った。

「恐竜」と私はまた言った。大家は微笑んだ。そして、やや得意げに語りかけた。

「しろうとはよく間違える。これを見て、恐竜は絶滅していなかったんだ、と早とちりする人も多い。でもあれはコモドオオトカゲというんだ。コ、モ、ド、オオトカゲ。トカゲの一種なんだよ」

いろいろな感覚が消えた。後頭部の痛みすら。私は大家の手を握っていた指をぱっと開いた。彼も私の手を離した。大家は私の肩をぽんとひとつたたいて立ち上がり、また恐竜を指差した。

「あんた危なかったよ。もうちょっとであれに突っ込むところだ、若いもんが。あんたみたいに若いもんが」

後半は、ほとんど独り言だった。言いながら、大家は恐竜の方へすたすたと歩いていく。この人も飲まれるのだと思った。見ると、恐竜はこうべを垂れ、彼のために口を開き、あの紫の舌をあらわにしている。私は無理矢理に立ち上がった。後頭部がまた痛み出した。鼓動に合わせて、脈打つ痛みだった。目眩がして、スニーカーがアスファルトを横滑りした。けれどかまわず、私は大家の広い背中に闇雲に体当たりし、そのまま脇腹に手を回してしがみついた。

「なにをする」と大家が憤慨した。

「はなしなさい、部屋に戻りなさい、あんたは戻りなさい、部屋にあんたの」短い首を懸命にひねって叱咤する。段になった首のうしろの肉が赤みを帯び、そのくせ妙にかさついて粉を散らし、私はそれを吸い込まないように顔をそむけた。

「恐竜です」大家の胴は、皮がゆるゆるとよく動いてつかみどころがなかった。私はぞっとした。

「だから」大家は大袈裟にため息をついてみせる。

「違うんだ。びっくりしたんだろう、わかるよ、だけど恐竜はきちんと絶滅している。あれは、コモドオオトカゲだ。言ってごらん、コ、モ、ド」

「恐竜です」

「コ、ほら言って、コ」

「恐竜です」

「コ」

「恐竜」

私は渾身の力を込めて肘を脇腹に埋め、さらに皮の奥の肉をしっかりつかもうと試みるが果たせず、やけになって、わしづかみにした皮をひねりあげた。大家は悲鳴を上げた。意外にか細い悲鳴だった。彼は私を振り落とそうとたたらを踏みながらぐるぐる回り始め、私はいっそう腹の皮をひねり上げ、足で思い切り大家の膝の裏を蹴った。大家はのけぞり、仰向けに傾いた。私はまだ彼の背にしがみついている、だから大家は私を下敷きにする形で倒れていく、私はまた後頭部を打つ——けれど、覚悟した衝撃はなかった。私はたしかに倒れたけれど、着地した先はマットのようで、私の後頭部も体もしんなりとやわらかに受け止めたのだ。目の前は大家の着ている服の布地でいっぱいだったけれど、私にはわかった。熱く湿った空気、そしてなまぐささと酸のにおいも、決定的だった。ここは、恐竜の舌の上だ。

長手袋のはためきを思い出した。舌にズックで踏み込み、あおむけに転んだあの八歳の夏の日。私は、頭を打ったおぼえがない。本当なら、エントランスのタイルで頭を強打しているはずなのに、記憶のなかに体の痛みが、ない。

天地が逆転する感覚があった。私は相変わらずうしろから大家をかき抱いたままだった。飲まれたのだ、私たちは。そのまま、落ちていく。落ちていく。食道をゆるやかに転がり落ちていく。私は目を閉じ、いっそう固く大家を抱きしめた。落下のこころもとなさが、私をそうさせた。お腹にまわした手に、大家の両手がしっかりと重なる感触があった。私は大家の背に鼻を額を押しつけた。ここを通るのはもしかしたら二度目なのかもしれない、私は八歳の日にも一度、母と一緒に、あるいはやや遅れてここを落下していったのかもしれない、長手袋を抱きしめ、目を閉じて。だとしたら、私はあの日以来、ずっと恐竜の胃のなかで暮らしてきたのか？

　自転車の籠がひん曲がっていた。内側からぐいぐいと押してみたけれど、元には戻らない。車輪も、からからと耳障りな音を立てている。駐輪場に停めてからしゃがんで確かめると、泥よけが歪んで車輪にひっかかっていた。

　乗用車のライトに照らされ、クラクションを鳴らされて我に返ると、私は道路のど真ん中に座り込んでいたのだった。大家はどこにも見当たらなかった。もっとも、呼び鈴を鳴らせば案外出てくるのかもしれない。でも、なんの用もない。私は自分の部屋を見上げた。カーテンが少し開き、ベランダに光が差している。カーテンはしっかり閉めていたはずなのに。それに、照明は残らず消して出たはずなのに。

　ドアを開けると、母がすっ飛んできた。

「どこにいたの！　なにしてたの！」と叫ぶ母は泣いている。母は私を扉に押しつけてすがりつき、「何日も電話はつながらないし！　お母さん、心配で無理矢理パート休んで様子を見に来たの！　もし今日帰ってこなかったら、通報するところだったんだから！」と怒鳴る。この半年ほどで、また少し太ったようだと思った。白髪は減っている。染めたばかりなのだろう。

「とにかく、とにかく入りなさい」鼻水を啜りながら私の背を押したと思ったら、

「ああ、ああそうだ、お父さんに知らせなきゃ」と慌ただしく携帯電話を耳に当てる。「あ、お父さん？　うん、大丈夫だった、ちゃんと帰ってきた……今日はこっちに泊まります、ゆっくりこの子と話をしなくちゃ……うん、うん、じゃあ」

携帯電話をしまうと、母がまたこちらを向く。私は惰性の動作で携帯電話を充電器につなぎ、かばんを下ろし、上着を脱いでハンガーにかけているところだった。振り返ると、母が怒りを取り落とし、珍妙な顔をして私の全身を見ていた。私は北本のジャージを着たままだった。緑地に白のラインの入ったジャージだ、それも上下。しかも、袖をまくり、ズボンの裾を折り曲げている。

「なに、そのおかしな恰好」と母がつぶやいた。

「そういうの、流行《はや》ってんの？　そういうのが今の若い人のおしゃれなの？」

私は母には曖昧にうなずいておき、部屋を見渡した。そしてとりあえずリモコンを拾い上げ、テレビを点けた。お笑い芸人の見慣れた顔が映った。

「ちょっと、あんた……」

絶句する母を無視し、私はクローゼットを検《あらた》め、冷蔵庫を検め、カーテンを開けて窓の外を眺めた。ここがさきほどまで私の暮らしていた世界であるのか、それとも胃のなかであるのか見極めようとして。表面的には、なにもかも同じだった。私は異常を感じようと、耳をそばだてた。空気のにおいを嗅いだ。シンクの蛇口をひねって、水を飲んだ。私は探した。なにかひとつでも尋常ならざる物質、あるいはせめて兆候が感じられればと。けれどなにもなかった。なにもかも、あまりにも、いつもの、私の部屋だった。

「なにしてるの、ちょっと。ちょっと座りなさい」

母が悲鳴に近い声を上げてテレビを切った。

「座りなさい。早く、座りなさい！」

私は母を見た。じっくりと見た。鼻や頬の毛穴が大きく開き、そこにファンデーションが詰まっていた。母が私の肘をつかみ、ちゃぶ台の脇へ座らせ、自分もその向かいに座った。

「なにしてるのよ、あんたは。まず、説明しなさいよ。今までどこにいたの。どうして電話がつながらなかったの」

母の涙袋はたるみ、茶渋のような染みが点々とついていた。まぶたはぶるぶると震える無数の皺によって成り立っていた。眉間は三筋の縦皺で割られ、どの皺のなかにもやはりファンデーションが落ち込み、まるで面相筆で白い線を引いたようだった。顎はゆるんで完全な二重顎となっていた。私の母だった。見慣れた、新しい、私の母。

「答えなさい！」

母がちゃぶ台を叩いた。はずみで、コーヒーの空き缶が倒れた。それはたったひとつ、ちゃぶ台の真ん中に置かれていたのだった。私はそれをもとのように立てた。

「……友達の家に。携帯は、充電が切れちゃって……」

「友達って、誰？」

「え……大学の」

「男の子？　女の子？」

「え？……女の子」

でもこんなことより、もっと重大な話がある、もっと話すべきことがあるのに。けれど母は立て続けに次の取り調べを開始するのだった。

「じゃ、これは」ちゃぶ台の上の空き缶を私に押しやる。

「これはなんなの。説明して。これも友達？」

私はぼんやりとそれを見た。飲み口に、黒いすすが付着していた。あ、灰皿代わりにしてた缶、そう思い至るのとほぼ同時に、母がすさまじい形相で怒鳴った。

「あんたなんでしょう！　あんたが吸ってるんでしょう！　いつから吸ってんのよ！　なんとか言いなさい！　肺癌にでもなったらどうするのよ！　だいたいあんたは女の子じゃないの、女の子が煙草吸うなんてみっともない、それに将来子どもを産む人が煙草なんか！　ずっと言ってたはずだよ、お母さんは！　煙草だけは吸っちゃいけないって！　忘れたの？　いったいどういうことなのよ！」

電話が鳴った。私の携帯電話だった。ぴりり、という音にびくっとして母が顔を向ける。断続的にぴりり、またぴりり、と鳴る。電話の着信ではない、充電が切れていた間のメールを連続で受信しているだけだった。母が、舌打ちをした。

「何時だと思ってるの」と言う。

「……メールだから」

「メールでも、よ。こんな深夜に、どうしてこんなにメールが来るのよ。非常識でしょう」

「………」

「普段からこうなの？　よくこうやって夜中まで遊び回ってるの？　一体、どういうお友達とつきあってるの。別に遊ぶなって言ってるんじゃないの、遊んだってかまわないけど、でも煙草は吸うわ、夜遊びはするわじゃ、あんたのこと信用できないじゃないの。お父さんもお母さんも、ぎりぎりの家計のなかから仕送りしてるんだからね、ちょっと、聞いてるの？　わかってるの、お母さんの言うこと。お母さんがなんでパートしてると思ってんの？」

母の声がだんだん高くなっていく。母の口から言葉が乱れ飛んでくる、けれどそれらはすべて私の脳に染みる前に力尽き、ちゃぶ台の上に溜まっていく。

「そりゃ、あんたのためだけにやってるなんて言わない、お母さんだって生活に張りが出ていいんだけど、でも、やっぱり経済的な事情もあるのよ、そんななかからあんたに、ああ嫌だ、こんなこと本来なら子どもに言うべきことじゃない、こんな恩着せがましいこと言いたくないのに、もう、ほんとにあんたは。ほんとに頼りないんだから。目を離すと、あっというまに変わっちゃうんだから。この缶のなかに吸い殻が入ってるのを見つけたときね、お母さん、ここはほんとに私の娘の部屋だろうかって疑ったのよ。お母さんの知ってるあんたはこんな、煙草吸ったりする子じゃなかったもの。ねえ。もうあんたのこと信じられない。ほんとにお母さんの子なのあんたは」

「待って」穏やかに私は遮った。

「お母さん、待って。私にも、説明してほしいことがあるの」

母が「ああ」と大儀そうに言った。

「鍵でしょ？　大家さんよ。お菓子持ってご挨拶に行って、そしたらすぐに開けてくれたの。勝手に入って悪かったとは思う、でもね、この場合は入られても仕方ないよ、あんたそれ、わかってるでしょうね？」

「違うの。そうじゃなくて」私は膝を使って母ににじり寄った。

「なに」

「お母さんが、ずっと私の本当のお母さんだったの」

「……なに言ってんの、あんたは」

私は母と喧嘩するつもりはない、私は母を落ち着かせようとわずかに微笑み、親密さを以てもう一度質問した。

「ねえ、お母さんがずっと本当のお母さんだったの」

私は手を伸ばして母の手をとった。皮膚をつきやぶる勢いで静脈が盛り上がっていた。肉がついているにもかかわらず、母の手はそんなだった。そして、私の手にくらべ、ずっと艶があった。ただし、恐竜の皮膚のように丈夫な、信頼の置ける艶とは別物の、破れる寸前のような、どんどん薄くなっていく過程に気まぐれに現れたかのような脆弱な艶だった。

「教えて」

母は口をがくがくと開けたり閉めたりし、「おかしなことを。あんたは、いったい、何をおかしな」ととぎれとぎれにつぶやいた。

「何を言ってるの。あんたは。お母さんじゃないの。私は、あんたの」

「そうだよ、そうなんだけど、そうじゃなくって」

我慢強く、私は質問の意図を説明する。

「私、お母さんのこと、ずっと本当のお母さんじゃないって思ってて」

母の眼球がゆらめいた。まだ話の途中なのに、母は聞くのを放棄するのだった。母は私の手を振り払い、それだけではなく、二、三度激しく打った。それから自分のハンドバッグの上にかがみ込み、ハンカチを引きずり出すと、顔を覆ってしまう。私の狭い部屋に、しばらく、母のすすり泣きが響いた。

「……お母さん泣かないで、お母さん」

肩を撫でたが、母はまたしても私の手を払い、打った。そして、ひい、というような音を立てて息を吸い込んだあと、「お母さんじゃなかったらなんだっていうの！ 私は！ あんたの！」とわめいた。その姿を見て、私は悲しかった。マットに染みていく死んだ魚の汁のように悲しかった。

「お母さん、聞いて。恐竜のこと、覚えてるでしょう？ ほんとは覚えてるんでしょう？」

嗚咽《おえつ》するだけで答えない母の背中を、私はやさしく抱きしめた。丸い背中にブラジャーが食い込んで段差ができていた。そこを、小さな子どもにするように撫でてさすった。

「恐竜に飲まれたけど、お母さんは溶けてなくなったわけじゃないよね？ だって私もあのとき一緒だったの、さっきそれに気付いたの。私も飲まれたの、あのとき。その私がずっと私のままなんだから」

「なにを言ってるの！」母が顔を上げた。ファンデーションがところどころ剝がれていた。剝がれた分は、母が握るハンカチにべったりと付着していた。

「私がお母さんでしょう！　本当のお母さんでしょう！　お母さんに本物も偽物もない！　お母さんは私ひとりでしょう！　恐竜だのなんだのわけのわからないことを言わないでちょうだい！」

私は母から身を離した。なぜちゃんと取り合ってくれないのだろうと苛立ち、不意に残酷な気持ちになった。私は立ち上がり、母を見下ろした。

「お母さんがちゃんと話してくれないんなら、私、恐竜に食べられちゃうから」

けれど、言ってしまうと後味が悪かった。母は、足を崩してフローリングに座り込み、ちゃぶ台に寄り添って泣き腫らした顔で私を見上げていた。その目は、ぼおっとして焦点が合っていなかった。かつて、茫然自失して食卓の下に隠れていた自分を思い出した。もう母の顔を見ていられなかった。私はうろたえ、コンポの電源を入れ、テレビを点けた。コンポから流れる歌とテレビから流れるCMソングがからみあって瞬時に酔い、私は慌ててコンポの電源を落とした。携帯電話が、びりびりと鳴り出した。今度は、メールではなかった。見ると、北本だった。

「ちょっと、電話」

言い置いて、ユニットバスに逃げ込んだ。乾いたバスタブにしゃがみ込んで通話ボタンを押すと、北本が低い声で、「お前、今、どこ」と尋ねた。

「家」

「帰ったの？」

「うん」

「………」

「………」

「ジャージ、返せよな」

「……うん」

「明日、返せよ。学校で」

「………」

「行くだろ？　学校」

「……うん、多分」

「多分じゃなくて、来いよ」

「……うん」

「お前さ」

「なに」

「俺、傷ついてるんだけど。わかってる？」

「は？」

「おちょくってんじゃねえよ、人を」

「は？」

ユニットバスの外で、人の歩く気配があった。私は携帯電話から顔を離し、耳をそばだてた。こつ、こつ、こつ、と音がする。

「ごめんちょっと、待って」

「なに」

「待って」

「なんだよ」

携帯電話をバスタブの底に投げ出し、私はユニットバスの戸をそっと開け、首を出して室内をのぞき見た。そこには、上着を着込み、かばんを提げ、パンプスを履いてフローリングを歩いていく母のうしろすがたがあった。母はベランダに通じるガラス戸の前で立ち止まると、威勢良くカーテンを引いた。そして、鍵を外し、ガラス戸を、そして網戸をも威勢良く開けはなった。冷気が流れ込んできた。酸のにおいとなまぐささの混じった、冷たいのに切れの悪い、濁った空気だった。

母はベランダに踏み出した。母の向こうに二つの黄色い眼球を求めて私はますます首を伸ばしたけれど、母のうしろすがたが邪魔でよく見えない。そうしている間に、母が意外なほどの身軽さで、柵の手すりにまたがった。その拍子に母の顔がこちらに向き、目が合う。

「お母さん」

私は思わずユニットバスから飛び出た。

「お母さん、恐竜がいるの？」

すがるように尋ねる。母は私を見るばかりで、返事をしない。あれが何であれ、恐竜だと私に刷り込んだのは母なのだから、恐竜という名前を与えたのは母なのだから、そうだね、と言って欲しかった。たとえ上の空でも、うつろでも。私がまだ幼く、母がまだ若かった頃みたいな、そうだね、であったとしても。

「恐竜なんでしょう？」

私はさらにたたみかけた。

けれど母は「あんたねえ」と、あきれたように言うのだった。

「もう大学生なのに、恐竜だなんて。さっきから、ほんとに。なんなの？　言うことが幼稚なのよ、そのくせ一人前に煙草は吸うわ、夜遊びはするわ、おかしな恰好はするわ」

吐き捨て、さっと身を翻すと、母は手すりを蹴って、跳んだ。

カーテンが大きくまくれ上がるほどの夜風が吹き込んだ。その風は、ついでに髪の毛を舞い上げ、それから私の横っ面を叩き付けて消えた。あとには、からっぽのベランダが残った。向かいのマンションの、赤や青や白や黄緑色の窓と。カーテンはのんびりと、慎ましやかに揺れている。私はベランダに出て、下をのぞいた。誰もいなかった。

「溶けたりしないくせに。どうせ、老いて死ぬくせに」

そう、何度もつぶやく。小さくて固い飴玉を吐くように、ぽつん、ぽつんと。

胡蝶蘭
こちょうらん

　アパートから駅へ至る途上、ちょうど田んぼと新興住宅地の境界あたりに、洋菓子店ができた。毎日その前を自転車で通るが、一度も入ったことはない。なにせその店は、私の出勤時にはまだ開店しておらず、帰ってくるころにはとっくに閉店しているのだ。だから私にとってはないも同然だった、戸口にたった一鉢置かれたピンクの胡《こ》蝶蘭《ちょうらん》を救うまでは。

　それは、三本立ての、立派な胡蝶蘭だった。目にするたび、私はひそかに笑った。大仰に差し伸べた茎や、かっと開いた花々はいかにも威圧的で猛々しく、肉食動物を思わせるなりであるのに、「祝開店　マイ・プチ・スウィート様」などと墨書きした立て札を負わされ、従順に立っている。それがなんとも滑稽だった。その胡蝶蘭を、救った。洋菓子店が開店して一週間目の朝のことだ。

　いつものように自転車で通りかかると、店の前の路上に若い男がいた。突っ立って、店の方をじっと見ている。私は通り過ぎざまに彼の見ているものを見極めようと目をやり、そして、思わず自転車を停めた。

そこには、ぎらぎらと輝く胡蝶蘭があった。私はまぶしさに目を細めた。すぐに、輝いているのは胡蝶蘭そのものではなく、花びらに葉にたっぷりと受けた血であることがわかった。それが朝陽を元気よく撥ね返しているのである。鉢の前のアスファルトには、楕円形の血だまりがあった。真っ黒で、つやつやしていて、小さい頃、祖母が炊いてくれた黒豆にそっくりの。その端に、猫の首がひとつ、転がっていた。私たちはわずかの間、黙って惨状を眺めていた。ほかには誰も通らなかった。

彼がため息をついた。出勤してきたらこのざまです、と言う。そして建物の脇からホースを引き摺って来ると、野良猫の血でずくずくになった胡蝶蘭に向けて放水した。茎が、花が、がくがくと震えた。すぐに、立て札が傾く。血の落ちたあとから、茶色く傷ついてぼろぼろになった花がいくつもあらわれた。

花を洗い清めた水が鉢に伝い落ち、ごぼりと溢れ出た。土くれの混じったその水に、さあっと広がる細かいものがあった。猫の毛だった。うわ、と小さく声を上げ、彼がホースを取り落とした。鉢から溢れた水が血だまりを飲み込み、のたくるホースがまっすぐ猫の首の方を向く。水に圧《お》され、首がふらりと傾いた。あ、すみません、という彼の叫びにはじかれ、私は両のつま先で地面を思い切り押した。自転車にまたがったまま後退すると同時に、首が敷地から転がり落ちた。そして、道路の際に延々と続く側溝の蓋のひとつ、たった今まで私のパンプスが踏んでいたそれの上で、静止する。すみません、と彼がもう一度言った。ただし、私ではなく、首ばかりを見ながら。

彼は拾い上げたホースで、首を狙いすました。すると首は、あっけないほど簡単に回転し、蓋を二つ、三つ越えて進んだ。彼の視線が蓋のつらなりをなぞるのがわかった。追うと、少し先に、蓋の外れたところがある。彼はホースを持ち直した。あらためて首を狙い、うまく転がしながら歩いていく。そのうちに、ホースが胡蝶蘭の鉢にからみ、引き倒した。彼はちょっと振り返ったが、かまわず進んでいく。私は自転車を飛び降りた。駆け寄って鉢を起こす。土をすくって戻し、ひしゃげた花を丁寧に開く。私は、胡蝶蘭がいじらしかったのだ。血みどろになっても、容赦なく水を浴びせられてもみっしりと花のついた茎を広げ、あたりを威嚇し続けるさまは、奇妙に私を打った。もう滑稽とは思わなかった。膝をつき、花に付着した砂塵を払っていると、冷たい花びらが顔や首に触れた。私は微笑んで、いっそう顔を寄せた。なついてくるみたいで、いよいよいじらしいのだった。

彼が小走りで戻ってきた。すみません、そのままにしておいてください、と言うのを見上げると、張りのある飴色の皮膚の下でごろりと喉仏が上下した。膝をついたままの姿勢では、それ以上は逆光になって見えなかった。

「もう、そんなになっていてはだめですから」

「え、捨てちゃうんですか」

「ええ、まあ。今日はちょうどゴミ収集車の来る日ですし」

花からしたたった水滴が、首筋を通って鎖骨に流れるのがわかった。いつのまにか、長く伸ばした髪が一房、茎にひっかかっていた。

「そんな」と私はつぶやいた。

アパートまで自転車で鉢を運ぶのは無理だろうと言って、彼は車を出してくれた。私は鉢を抱いたまま、助手席に乗り込んだ。後部座席に置いてはどうかという彼の提案を、私は断った。

「この方が安定しますから」かすれる声で、私は言った。花と顔を突き合わせる形で抱いているから、目の前が胡蝶蘭でいっぱいだった。

「髪、ひっかかってますよ」

「いいんです」

「会社、大丈夫ですか」

「いいんです」

「マイ・プチ・スウィート」の店主は、彼の叔母なのだった。彼は数年前専門学校の製菓コースを卒業し、今は見習いをやっている。毎朝叔母の出勤前に掃除をすませるのだと彼は言った。頬骨に首筋に花をひたひたと受けながら、私は最小限の相槌を打った。彼は少し黙った。私の愛想のなさに、怖じ気づいたふうだった。

けれど、やがて言いにくそうに「あの、ちょっと、お願いがあるんですが」と切り出した。

ぎゃあぎゃあ泣き喚く赤ちゃんをさかさに抱えて入って来たそうである、ステテコ姿の、顔にも手にも血管の這い回った爺さんが。開店初日の「マイ・プチ・スウィート」に。その爺さんは、あ、あ、あんたのとこのおもての蘭に、孫が指嚙まれたわな、どうしてくれる、と喚いた。彼は、なにを言っているのかとあきれたが、赤ちゃんが傷を負っているのは、一応、本当だった。右の人差し指の先にほんの少し、血がにじんでいる。水を湿したティッシュで拭きとると、もう傷口はどこだったかわからなくなった。それでも爺さんは、蘭が蘭が、としつこい。そこで、彼の叔母さんが、まあまあすみませんねえ、あらかわいらしい赤ちゃんですこと、ばあ、とにじり寄り、クッキーの小袋を握らせた。すると爺さんは、突然黙り込んでさっさと帰ってしまったという。だから、彼は「たかりです」と見解を示す。「ボケを逆手に取ったたかりに決まってるんです」

しかし、叔母さんは、そうは思わなかった。ねえほんとかなあ、ほんとだったらどうしよう、ねえどう思う、と何度も何度も彼に尋ねるのだ。そのくせ、葉っぱで切ったんだろ、という意見には一切耳を貸さなかった。

　おまけに、その爺さんが言いふらしたのか、近所の小学生が下校時にわざわざ立ち寄って胡蝶蘭で肝試しをするようになった。

「肝試し？」

「小学生って変なこと考えますよね」と彼は笑い、「笑い事じゃないんですけどね。うちは迷惑してる」と一瞬真面目な顔をした。だが説明するうち、こらえきれずまた笑った。

　途切れ途切れに聞こえてくる子どもたちの声から察するに、彼らはランドセルを投げ捨て、仲間の囃《はや》すなか、胡蝶蘭めがけて走り込んでは逃げ帰るのである。どうやら、花びらをむしって戻った奴が、偉い、らしいのだが、花がむしられることはついに一度もなかった。

「見ると、リコーダーで花をつついては奇声を上げて喜んでるんです。他愛もない遊びです」

　しかし、叔母さんは、そうは思わなかった。外がざわつきはじめると、叔母さんは仕事の手を止め、息を詰め、泣きそうな顔で戸口ばかり見る。どうして肝試しだなんていうの？　と言う。あの花が怖いから、そう言うんじゃないの？

「ボケ老人や子どもの言うことを真に受けて、困ったもんです。ほかでは、あれだけしっかりしてるのに、まったく」彼は苦笑いをした。頰をひくつかせて、途切れ途切れに。今度は明らかに、深刻ぶるのを嫌って無理に笑っているのだった。「お願いっていうのは、叔母のことなんです。俺、叔母には、胡蝶蘭は捨てたって言おうと思ってて」

「わかりました」私は鬱々として先回りした。「これをいただいたことは、誰にも言いません」

彼が、首を曲げて私を見た。私も眼球だけを動かして、彼を見た。

「笑わないんですね」と、彼は言った。

「どうして笑うんですか。あ、そこ、右です」

彼は前を向き、指示通り右折した。そしてしばらく経ってから、「やさしいんですね」と独《ひと》り言のように言った。

運びますよ、という彼の申し出を断って、一人で自室に上がった。けれど彼は帰ってしまったわけではない、下で待っている。私はこれから少々濡れたこの服を着替え、彼の車で洋菓子店に戻り、自分の自転車に乗り換えて会社へ行かなければならない。胡蝶蘭に向かってたどたどしくそう説明したが、状況はなにも変わらなかった。けれどわかってもらわなければならなかった、一生鉢を抱いて生きるわけにはいかないのだ。私は足を振ってパンプスを落とし、部屋のなかほどに進んだ。熱気が籠もって、むっとしている。少し考え、私はぐるりと一回転した。「どう、新しい家は。気に入った？」と努めて朗らかに声をかけてみる。すると、花に絡んでいた髪が、するりと解けた。

私は鉢を窓際の床に下ろし、胡蝶蘭のために、少しだけ窓を開けた。そして、自由になった手で首を撫で回す。傷にはなっていないようだった。彼が、捨てる、と言った瞬間から、首に違和感があった。痛くはないけれど、冷たくて鋭いなにかによって皮膚が引きつれるような。顔を離そうとしたとき、髪を捕まれた。要するに、私はこの胡蝶蘭に脅迫されていたのだ。

私は胡蝶蘭を見下ろした。なんとなく、胡蝶蘭の方でも私を見上げているような気がした。廃棄する方法について考えかけ、すぐにあきらめた。ここまで連れてきてしまった以上、出し抜くのは容易ではないだろう。それに、やはり、胡蝶蘭をいじらしく思う気持ちがくすぶっているのだった。だって、生き延びたくて、必死に、知恵を凝らして、疲れ果てた体を励まして、ここにたどり着いたのだ、この花は。花だてらに。

私は咳払いし、腕を組んでみた。一緒に暮らすのであれば、はじめが肝心だ。これ以上舐められるわけにはいかない。

「いい、二度とあんなことはしないで」できるだけ低い声を出し、胡蝶蘭に申し渡す。「馬鹿な小学生の相手をさせられたり、野良猫に襲われたり、さんざんな目に遭ってきたのはよくわかった。ほんとにお気の毒だった。だから、ここに置いてあげてもいい……ますます狭くなっちゃうけど。いいの、気にしないで、あんたは動き回るわけでもないだろうし、食費もかからないし、糞の始末もしなくていいんだから……ますます狭くなっちゃうけど。とにかく、こんな狭いところで暮らすんだから、信頼し合わないと。二度と私を脅すような真似はしないで。わかった?」

胡蝶蘭はなにも言わなかった。当然だ。

その日は、遅刻した分を取り戻すべく、終電間際まで残業をした。帰ってくると、ちゃぶ台の上に、鳩が横たわっている。それも、二羽。首からわずかに血を流し、脚のついたお腹を上に、きちんと並んでいる。今まで、窓を開けて出たことは何度もあるけれど、生きた鳩さえ入り込んだためしはない。私は胡蝶蘭を見た。あきれたことに、今朝よりもさらに傷んでいた。左側の茎なんて、曲がってしまっている。

涙が出た。疲れて帰ってきて、これから化粧を落としてシャワーを浴びてついでにブラジャーを洗って明日のシャツにアイロンをかけなければならないのに、その上鳩の死骸まで片付けなければならないのだ、それも、二羽。

「いい、二度とこんなことはしないで」嗚咽しながら、怒鳴った。胡蝶蘭に悪気がないことはわかっていたけど、止められなかった。「あのね、これ、あれでしょう、恩返しのつもりなんでしょう。でも的はずれ。自分の食い扶持《ぶち》くらい、自分で稼いでるんだから。なんのために会社行ってると思ってんのよ。あんたはただ黙って機嫌良く咲いていてくれればそれでいいの。私を喜ばせたければそうしてちょうだい。わかった？　ねえ、わかった？」

胡蝶蘭はなにも言わなかった。当然だ。

けれど、そのとおりになった。私の言ったことに従って、胡蝶蘭はしんしんと生真面目に咲き、花びらに受けた茶色い傷を数日のうちに治してみせたのだ。曲がった茎まで元通りになった。私は大した手入れはしていない、私がやったことといえば、定期的に水をやり、お菓子を鉢のなかに並べることだけ――「マイ・プチ・スウィート」のお菓子を。毎朝、彼がくれるようになった、オレンジピールのチョコレートや、抹茶チョコレートや、しょうがのクッキーや、紅茶のクッキーなんかを。私たちはいつも、半分に分ける。根元に置いたお菓子は、眠っている間や、会社に行っている間に消えてなくなっていた。ゴキブリの仕業ではない。はじめのうちは、お菓子に誘われてゴキブリが増えるんじゃないかと心配したけれど、あるとき、気がついた。胡蝶蘭がうちに来て以来、私は一匹もゴキブリを見ないのだ。

彼は、私のことを、やさしい、としきりに言う。胡蝶蘭を救ったのもやさしいし、叔母さんを笑わないのもやさしいらしい。その評価は、部屋に入って胡蝶蘭を見るなり高まった。同じ花とは思えない、見違えるようにきれいだ、と褒めそやすのである、私を。すなわち、胡蝶蘭がきれいになったのは、私の手入れが行き届いているからであり、だから私はいっそう、やさしい。そういうことらしかった。

もっとも、じきに彼は黙った。

しばらくして、話し始めたのは、叔母さんのことだった。胡蝶蘭が消えたら落ち着くだろうというのは彼の見込み違いで、叔母さんは、なぜ、そしてどのようにして胡蝶蘭を捨てたかについて、繰り返し説明を求めるようになったのだった。そのたびに彼は、細切れに切ってゴミ袋に突っ込んでゴミ収集車に持って行ってもらったよ、だってよく見るともうだいぶ傷んでいたからね、と答える。何度でも、そう答える。

「あれは、帰ってこないかどうか気にしてるんだと思う。やっぱり、どうもまともじゃないよ」

私は上体を起こした。シーツに肘をつき、てのひらに顎を載せ、彼の顔を見下ろす。形のいい瞼がさっと押し上げられ、ぬるりとつやを帯びた目が、私を向く。私たちは微笑み合う。

「叔母さんは、まともよ。あんたの目は節穴ね」

「いや、うちの叔母があの現場を見ていたら間違いなく、胡蝶蘭がやった、なんて騒いだだろうね」

「その節穴からも」私は人差し指で彼の眉間をつつく。「よく見えたんじゃなかったの、猫の毛が鉢から溢れるのが」

「ほんとに悪質だったよな。通報してもよかったくらいだ」彼の腕が私の肩にのびる。されるがままに、彼の腕の付け根に頭を落とす。

私は彼の二の腕でごろんと頭を転がし、壁を向いた。彼も私と同じ方向に寝返りを打つ。肩甲骨に、彼の胸が貼り付いてあたたかい。左腕が私の二の腕を乗り越えて伸びてきたので、その指先を握った。

彼の目が節穴でも、話が通じなくても、私は別にかまわない。私だって、彼の話なんかろくろく聞いていない。たとえば、専門学校時代に友達とバンドをやっていたとか、実はいまだに音楽とお菓子を天秤にかけているとか。彼が熱心に話してくれるそういった事柄は、ほとんど価値を持たない。見比べると彼の小指の爪は、私の親指の爪とほぼ同じ大きさで、そういうところこそが、私にとって彼のすべてなのだ。

まだ暗いうちに、ふと目が覚めた。あまり眠った気がしなかった。久しぶりに人を泊めたせいかもしれない。後頭部に彼の寝息がかかっている。軽く瞼を閉じ、その寝息を数えるうち、不意に愕然として私は目を見開いた。背中にも、腕にも彼の感触がないのだ。――すうすう眠る生首と、真っ黒な血だまり。そんな光景が、目の前の暗い壁に焼き付けられたみたいにぱちんとひらめき、私は跳ね起きて振り返った。

　彼は胴も手も足も備えた姿で、かすかに口を開いて眠っていた。私はほっとした。けれど、左腕が不自然に捻《ねじ》れてベッドの外に投げ出されている。その手首に、胡蝶蘭の葉が触れていた。

　窓際にいたはずなのに、いつの間にかベッドの前に立っているのである。やけに黒々として、いつもよりずいぶん大きく見える。彼の左腕を取り上げ、元に戻すと、葉が不満げに揺れた。

「これは、だめ」と私はささやいた。花びらをひとつ、指ではじく。「分け前はないの。クッキーやチョコレートじゃないんだから」

　私は彼の体を乗り越えて、胡蝶蘭とのあいだに入った。てのひら、足の裏を彼の背につけ、思い切り壁際に押しやる。彼はうめき声を上げ、もぞもぞと動いたが、目を覚ますこともない。太平楽に眠り続けている。私は彼の腰に手を回し、ふたつの肩甲骨のあいだに額をつけた。しばらくのあいだ、後頭部の頭皮のほうぼうが、かすかにぴりりとひきつれた。胡蝶蘭が、駄々をこねて私の髪を引いているに違いなかった。

# 解説

江國香織

藤野可織さんの小説は幾つもの意味でおそろしい（作中でこわいことがよく起こる。たんたんとした描写が不気味である。作者の力量がおそろしい）のだが、同時に、読むとひどく安心する。やっぱり、と思う。そうではないかなとうすうす疑ってはいたが、つきつめて考えたり言語化したりしなかったこと、それ以前にたぶん直視すらしなかったこと、を、無造作にひょいと手渡されるようでどきりとするが、腑に落ちもするのだ、やっぱり、と思って。

それは私に子供のころを思いださせる。たとえば学校で予防注射を受けるとき、私は針先（というのはとりもなおさず自分の腕の皮膚だが）から目を離せない子供だった。息をつめて、一心に、吸込まれるような気持ちで見ていた（そんなにじろじろ見ないで、と、医者に言われたこともある）。よく見られるね、と毎回友達に言われた。こわくないの、と。でも、私はこわいから見ていたのだ。見ずにいたら、何をされるのかわからないから。

なにかそのようなこと。そのような視線。おそらく結果は変らないのに、見ることによって何かを阻止できると思っているか、あるいはただ確かめるために、確かめて、やっぱり、と納得したいと切望するが故にそらすことのできない視線。そうやって容赦なく世界を見る藤野さんの小説は、この世がまったく不確かなものだということを思いださせてくれる。

会話文の巧さと描写の適確さに加え、この著者の持ち味として特徴的なのは、世界の手ざわりの描写の圧倒的なリアルさだと思う。たとえば本書の表題作「いやしい鳥」のなかの、こういう一節。「その日、夕焼けを見た。嫌な色の夕焼けだった。子どもの頃、家族で鍋をやってて、俺は早く鶏肉が食いたくって仕方なかった。野菜より肉が食いたくて仕方なかったんだよガキだったから。で、母親の目を盗んで肉にかぶりついたらまだ中が生煮えでひやっとしてて、俺の歯が作った断面がさ、ちょうどあんな色だった。」

これは、そのすこし前に別な人物が見る夕空の描写（「午後五時を過ぎてもまだ明るかった。空は穏やかで控えめな桜色、内田百合がまだごく小さいとき、母親がちょうどそんな色のカットビーズをつないで首飾りを作ってくれたことがあった。（中略）光の届くところに正座して洗濯物を畳んでいると、とっくになくなってしまった首飾りのビーズの中にいるようだった。」）と真逆の方向に対をなしていて実に効果的なのだが、この二つの描写がほとんど身体的なまでのリアルさを獲得しているのは、生煮えの肉もしくはカットビーズが夕焼けの色や光に似ているからというより、それらが語り手たちの記憶に根ざした色であり光であるからで、そこには無論、肉なりビーズなりをめぐる感情や時空間や他者（家族、母親）が分ちがたくくっついていて、それらすべてを含んだ立体的な色であり光だからだ。藤野さんの小説を読むとき、リアリティとは何かについて考えないわけにはいかないのだが、夕焼けをめぐるこの二つの描写からもわかるように、それはたぶん個人的な、徹底的に個人的な場所にしか存在し得ないものなのだ。ひと一人一人を通してしか垣間見えないもの、世界の手ざわり。

あるいはまた、母と娘を描いた不穏かつ切実に哀しい「溶けない」のなかで、主人公がベランダにでて大きなあくびをしたときの、こんな描写。「冴え冴えとした空気が喉を洗って流れ込んでくる。すると、もともと寒さに縮み上がっていた体の表面と、さっきまではあたたかだった体のなかがみるみる釣り合っていき、私自身と外界の区別がなくなってひとつになってしまうような気がして、自分の肉体が今にも霧散するような気がして（後略）」

肉体の内側と外側――。それはつねに、どんな人にとっても解決しない問題である。感情とか記憶とか、意志とか思考とか、その人をその人たらしめているものはすべて内側にあり、永遠に外側であり続ける外界と接しつつ完全に隔てられている。皮膚によって閉じ込められているのだ。その事実から、藤野さんの小説は一瞬も目をそらさない。

ここに収められた三編の小説はどれも、書く（書かれる）こと、読む（読まれる）ことそれ自体で充足している。小説とは本来そういうものだが、そうではない小説（余分な何かが伝わるように書かれた小説、充足を知らない痩せた小説）が横行している世のなかで、藤野さんの小説の在りようは凜として正しい。

なぜ小説を書くのか、藤野さんに訊いてみたことはない。そんなことを訊くのは不躾というものだ。でも推測を述べさせてもらうなら、ただその小説を出現させるためだけに書いているのではないか、と思う。そうでなければ書かれた小説が、こんなに充足しているはずがないのだ。この三作だけのことではない。『爪と目』にしても『パトロネ』にしても『ドレス』にしても、一冊ずつがまるで昼寝中の動物みたいに勝手に充足している。それらはこの世にその小説を発生させることを目的に書かれた小説であり、一つ発生するたびに、まちがいなく世界が新しい貌を見せる。それは無論世界という海に浮かぶ氷山の一角に過ぎないが、その小説が書かれなければあらわにならなかった一角だ。

一冊ごとに、藤野さんは世界をあばいている。

本書は、二〇〇八年九月に文藝春秋より刊行されたものです。

# いやしい鳥《とり》

二〇一八年一二月一〇日　初版印刷
二〇一八年一二月二〇日　初版発行

著　者　藤野《ふじの》可《か》織《おり》
発行者　小野寺優
発行所　株式会社河出書房新社
〒一五一－〇〇五一
東京都渋谷区千駄ヶ谷二－三二－二
電話〇三－三四〇四－八六一一（編集）
〇三－三四〇四－一二〇一（営業）
http://www.kawade.co.jp/

ロゴ・表紙デザイン　粟津潔
本文フォーマット　佐々木暁
本文組版　株式会社キャップス
印刷・製本　中央精版印刷株式会社



Printed in Japan　ISBN978-4-309-41652-6

## 小川洋子の偏愛短篇箱

小川洋子〔編著〕 41155-2

この箱を開くことは、片手に顕微鏡、片手に望遠鏡を携え、短篇という名の王国を旅するのに等しい——十六作品に解説エッセイを付けて、小川洋子の偏愛する小説世界を楽しむ究極の短篇アンソロジー。

## 小川洋子の陶酔短篇箱

小川洋子〔編著〕 41536-9

川上弘美「河童玉」、泉鏡花「外科室」など、小川洋子が偏愛する短篇小説十六篇と作品ごとの解説エッセイ。摩訶不思議で面白い物語と小川洋子のエッセイが奏でる究極のアンソロジー。

## 二匹

鹿島田真希 40774-6

明と純一は落ちこぼれ男子高校生。何もできないがゆえに人気者の純一に明はやがて、聖痕を見出すようになるが……。〈聖なる愚か者〉を描き衝撃を与えた、三島賞作家によるデビュー作&第三十五回文藝賞受賞作。

## 一人の哀しみは世界の終わりに匹敵する

鹿島田真希 41177-4

「天・地・チョコレート」「この世の果てでのキャンプ」「エデンの娼婦」——楽園を追われた子供たちが辿る魂の放浪とは？　津島佑子氏絶賛の奇蹟をめぐる５つの聖なる愚者の物語。

## 冥土めぐり

鹿島田真希 41338-9

裕福だった過去に執着する傲慢な母と弟。彼らから逃れ結婚した奈津子だが、夫が不治の病になってしまう。だがそれは、奇跡のような幸運だった。車椅子の夫とたどる失われた過去への旅を描く芥川賞受賞作。

## ふる

西加奈子 41412-6

池井戸花しす、二八歳。職業はＡＶのモザイクがけ。誰にも嫌われない「癒し」の存在であることに、こっそり全力をそそぐ毎日。だがそんな彼女に訪れる変化とは。日常の奇跡を祝福する「いのち」の物語。

## スタッキング可能

松田青子　41469-0

どうかなあ、こういう戦い方は地味かなあ——各メディアで話題沸騰！「キノベス！　2014年第３位」他、各賞の候補作にもなった、著者初単行本が文庫化！　文庫版書き下ろし短編収録。

## 英子の森

松田青子　41581-9

英語ができると後でいいことがある——幼い頃から刷り込まれた言葉。英語は彼女を違う世界に連れて行ってくれる「魔法」のはずだった……社会に溢れる「幻想」に溺れる私たちに一縷の希望を照らす話題作！

## 忘れられたワルツ

絲山秋子　41587-1

預言者のおばさんが鉄塔に投げた音符で作られた暗く濁ったメロディは「国民保護サイレン」だった……ふつうがなくなってしまった震災後の世界で、不穏に揺らぎ輝く七つの“生”。傑作短篇集、待望の文庫化

## 福袋

角田光代　41056-2

私たちはだれも、中身のわからない福袋を持たされて、この世に生まれてくるのかもしれない……人は日常生活のどんな瞬間に、思わず自分の心や人生のブラックボックスを開けてしまうのか？　八つの連作小説集。

## 東京ゲスト・ハウス

角田光代　40760-9

半年のアジア放浪から帰った僕は、あてもなく、旅で知り合った女性の一軒家に間借りする。そこはまるで旅の続きのゲスト・ハウスのような場所だった。旅の終わりを探す、直木賞作家の青春小説。

## ぼくとネモ号と彼女たち

角田光代　40780-7

中古で買った愛車「ネモ号」に乗って、当てもなく道を走るぼく。とりあえず、遠くへ行きたい。行き先は、乗せた女しだい——直木賞作家による青春ロード・ノベル。

## 異性

角田光代／穂村弘　41326-6

好きだから許せる？　好きだけど許せない⁉　男と女は互いにひかれあいながら、どうしてわかりあえないのか。カクちゃん&ほむほむが、男と女についてとことん考えた、恋愛考察エッセイ。

## 学校の青空

角田光代　41590-1

いじめ、うわさ、夏休みのお泊まり旅行…お決まりの日常から逃れるために、それぞれの少女たちが試みた、ささやかな反乱。生きることになれていない不器用なまでの切実さを直木賞作家が描く傑作青春小説集

## 浮世でランチ

山崎ナオコーラ　40976-4

私と犬井は中学二年生。学校という世界に慣れない二人は、早く二十五歳の大人になりたいと願う。そして十一年後、私はＯＬになるのだが？　十四歳の私と二十五歳の私の“今”を鮮やかに描く、文藝賞受賞第一作。

## 指先からソーダ

山崎ナオコーラ　41035-7

けん玉が上手かったあいつとの別れ、誕生日に自腹で食べた高級寿司体験……朝日新聞の連載で話題になったエッセイのほか「受賞の言葉」や書評も収録。魅力満載！　しゅわっとはじける、初の微炭酸エッセイ集。

## 琉璃玉の耳輪

津原泰水　尾崎翠〔原案〕　41229-0

３人の娘を探して下さい。手掛かりは、琉璃玉の耳輪を嵌めています——女探偵・岡田明子のもとへ迷い込んだ、奇妙な依頼。原案・尾崎翠、小説・津原泰水。幻の探偵小説がついに刊行！

## 11　eleven

津原泰水　41284-9

単行本刊行時、各メディアで話題沸騰&ジャンルを超えた絶賛の声が相次いだ、津原泰水の最高傑作が遂に待望の文庫化！　第２回Twitter文学賞受賞作！

## 精霊たちの家 上

イサベル・アジェンデ　木村榮一〔訳〕　46447-3

予知能力を持つクラーラは、毒殺された姉ローサの死体解剖を目にしてから誰とも口をきかなくなる——精霊たちが飛び交う神話的世界を描きマルケス『百年の孤独』と並び称されるラテンアメリカ文学の傑作。

## 精霊たちの家 下

イサベル・アジェンデ　木村榮一〔訳〕　46448-0

精霊たちが見守る館で始まった女たちの神話的物語は、チリの血塗られた歴史へと至る。軍事クーデターで暗殺されたアジェンデ大統領の姪が、軍政下の迫害のもと描き上げた衝撃の傑作が、ついに文庫化。

## プラットフォーム

ミシェル・ウエルベック　中村佳子〔訳〕　46414-5

「なぜ人生に熱くなれないのだろう？」——圧倒的な虚無を抱えた「僕」は父の死をきっかけに参加したツアー旅行でヴァレリーに出会う。高度資本主義下の愛と絶望をスキャンダラスに描く名作が遂に文庫化。

## 服従

ミシェル・ウエルベック　大塚桃〔訳〕　46440-4

二〇二二年フランス大統領選で同時多発テロ発生。極右国民戦線のマリーヌ・ルペンと、穏健イスラーム政党党首が決選投票に挑む。世界の激動を予言したベストセラー。

## 闘争領域の拡大

ミシェル・ウエルベック　中村佳子〔訳〕　46462-6

自由の名の下に、人々が闘争を繰り広げていく現代社会。愛を得られぬ若者二人が出口のない欲望の迷路に陥っていく。現実と欲望の間で引き裂かれる人間の矛盾を真正面から描く著者の小説第一作。

## 海を失った男

シオドア・スタージョン　若島正〔編〕　46302-5

めくるめく発想と異様な感動に満ちたスタージョン傑作選。圧倒的名作の表題作、少女の手に魅入られた青年の異形の愛を描いた「ビアンカの手」他、全八篇。スタージョン再評価の先鞭をつけた記念碑的名著。

## 不思議のひと触れ

シオドア・スタージョン　大森望〔編〕　46322-3

天才短篇作家スタージョンの魔術的傑作選。どこにでもいる平凡な人間に“不思議のひと触れ”が加わると……表題作をはじめ、魅惑の結晶「孤独の円盤」、デビュー作「高額保険」ほか、全十篇。

## 輝く断片

シオドア・スタージョン　大森望〔編〕　46344-5

雨降る夜に瀕死の女をひろった男。友達もいない孤独な男は決意する——切ない感動に満ちた名作八篇を収録した、異色ミステリ傑作選。第三十六回星雲賞海外短編部門受賞「ニュースの時間です」収録。

## ［ウィジェット］と［ワジェット］とボフ

シオドア・スタージョン　若島正〔編〕　46346-9

自殺志願の男、女優を夢見る女……下宿屋に集う者たちに、奇蹟の夜が訪れる——表題作の中篇他、「帰り道」「必要」「火星人と脳なし」など全六篇。孤高の天才作家が描きつづけたさまざまな愛のかたち。

## 塵よりよみがえり

レイ・ブラッドベリ　中村融〔訳〕　46257-8

魔力をもつ一族の集会が、いまはじまる！　ファンタジーの巨匠が五十五年の歳月を費やして紡ぎつづけ、特別な思いを込めて完成した伝説の作品。奇妙で美しくて涙する、とても大切な物語。

## とうに夜半を過ぎて

レイ・ブラッドベリ　小笠原豊樹〔訳〕　46352-0

海ぞいの断崖の木にぶらさがり揺れていた少女の死体を乗せて闇の中を走る救急車が遭遇する不思議な恐怖を描く表題作ほか、ＳＦの詩人が贈るとっておきの二十二篇。これぞブラッドベリの真骨頂！

## 猫のパジャマ

レイ・ブラッドベリ　中村融〔訳〕　46393-3

猫を拾った男女をめぐる極上のラブストーリー「猫のパジャマ」、初期の名作「さなぎ」他、珠玉のスケッチ、ＳＦ、奇譚など、ブラッドベリのすべてが詰まった短篇集。絶筆となったエッセイを特別収録。

著訳者名の後の数字はISBNコードです。頭に「978-4-309」を付け、お近くの書店にてご注文下さい。